父亲

还原真实的开国上将许世友

华山◎著

中信出版集团 · 北京

新中国成立初期，父亲陪毛主席在山东看地形

父亲与叶剑英、习仲勋等合影

父亲正装照

父亲礼服照

父亲接待罗马尼亚总统

父亲陪同朝鲜贵宾崔庸健游览南京中山陵后，在九层塔前合影

父亲与母亲在南京家中

我的母亲

20 世纪 50 年代我们的全家福

1970 年，父亲与母亲在南京长江大桥

1972 年，父亲、我和许援朝、李恩华在家中合影

我与父亲在南京家中

父亲视察军队

父亲在“天涯海角”

父亲在南京下工厂

这张照片拍摄于我 18 岁

2015 年 9 月，母亲佩戴由中共中央、国务院、中央军委颁发的抗战老兵勋章

我和母亲在丹麦哥本哈根

我和母亲在西山

我年轻时照片

我的民航飞行员照

我在出国前于青海留影

我与妹妹田晓冰

母亲与谷牧叔叔及其夫人牧峰

目　录

自 序

献给爸爸

转眼间，父亲离去已经 30 年了，我来美国定居也 30 年了。

有一次，美国联合航空公司副总裁迈克尔·维特克（Michael Quiello）和他夫人安妮·维特克（Anne Quiello）盛情邀请我去亚特兰大做客。那天，我在他们新买的房子里，与很多美国朋友一起聚餐。他们之中，很多人的父辈曾在军队服役，而且是第二次世界大战战场中的老兵。于是，父辈们的故事，自然成了那个晚上的核心话题。

渐渐地，所有美国朋友都放下刀叉，静静地倾听我讲述我的父亲。我从他们眼里看见了沉思与感动，看见了对历史与传奇的热望……也就在那个晚上，他们强烈期望我把父亲的故事写成书，说这是一个女儿应尽的责任。

我问他们为什么，他们坦陈，在他们的生活中，听到的中国共产党高层负面的东西较多，但是父亲的故事让他们感觉新鲜，他们喜欢他的经历，更喜欢他天然率真的性情……我被触动了。因为那个晚上我告诉他们的，仅仅是父亲生命中的一些小角落。如果这些就能打动异国异境中的人们，说明父亲的生命光彩可以超越不同文化与国家，成为人类的共同财富；也可以让那些真诚的异国朋友们，更加了解我们中国共产党人。

在那个夜晚，我强烈地感觉到父亲从来没有离开过我，他只是长眠在我心中。父亲一旦在我心中醒来，立刻就会让我看见过去被自己忽略掉的更多美好。

也是在那个晚上，我决心写写我的父亲。这时候，我已经不是因为异国友人的关切与好奇而写，也不是为父亲树碑立传而写，我只是觉得，这是让我和父亲心灵相聚的最好方式。如今我也渐入晚境，谁不希望能多和亲人在一起哪！我唯独担心写不好父亲。因为父亲的精神奥秘、父亲的心灵潜藏，只能属于他自己。我只能贴近那些宝藏，却永远不能拥有。

回忆父亲是幸福的。但是回忆那些逝去的岁月，尤其亲人和友人们所经历的辛酸，我又经常感到意外的疼痛。好在我现在已经能够比较平静地回忆当年了。

每当我重读那些新中国的缔造者、创造者的故事时，总是被前辈们的精神世界所深深感动。他们饱经磨难、百折不挠，永远坚持自己的理想和信念，直到告别这个世界。前辈们的人格魅力永远是我学习的榜样。

现在，请让我以书写他们的方式来学习他们吧！

我热爱历史，很喜欢“二战”史和中国革命史。记得20 世纪 50 年代末期，苏联国防中将格尼哥柯在南京 AB（国民党时期的美国军事代表团驻处）大楼住了好几年。那时是中苏关系最好的时候。格尼哥柯将军的胡子很特别地往上翘，大家都亲切地称他“胡子顾问”。他是父亲的好朋友，也是我的好叔叔。他经常给我讲“二战”故事。他的翻译阿廖沙 20 多岁，中文讲得好极了，还常用中文唱苏联歌曲给我听。

在“胡子顾问”讲过的故事中，我记忆较深的是斯大林的儿子雅科夫的命运。雅科夫被纳粹抓住了，把他同其他战俘隔离，诱劝他背叛祖国。雅科夫当然拒绝了纳粹，但他也明白，纳粹不会放过自己，纳粹让他活着只是为了更好地利用他。果然，在雅科夫被关押期间，纳粹企图用他换回一个被捕的纳粹军官。斯大林拒绝了纳粹的要求，说：“用一个士兵换一个军官，我不干。”有一天放风的时候，雅科夫突然扑向监狱的电网，在那一瞬间纳粹的枪也响了……雅科夫维护了苏联军人的尊严与斯大林的荣誉。他不仅是斯大林的儿子，更是俄罗斯的儿子。

“胡子顾问”还给我讲过女英雄卓娅的故事……所有这些故事，都让我感受到了英雄的魅力。我吃惊地问父亲：“这都是真的吗？”父亲淡淡地说：“是真的，但是我们的英雄一点儿不次于他们。”我抱怨：“那你怎么不跟我讲讲我们的英雄故事？”父亲叹息一下：“太多了，说不过来啊，将来再说吧。”

如今，父亲答应的“将来”也成为过往，父亲已告别了这个世界。但是，他却用自己的生命书写了许多故事。

由于父亲富于传奇的人生，关于他的传说也太多了。但是，很多传说缺乏真实性，人们只是因为父亲的魅力而产生出万千想象罢了。我希望我能写出一个真实的父亲，也算是我对九泉之下的父亲表达的敬意吧！

父亲与苏联顾问“胡子叔叔”

“胡子叔叔”——苏联格尼哥柯将军

父亲和“胡子叔叔”为战士表演友谊舞

父亲、母亲与“胡子叔叔”合影

第一章　父亲生命最后的日子

1985 年春节后，父亲突然感到一阵阵腹痛。

父亲这辈子，对各种各样的疼痛忍受力极强，些许小痛，他根本不当回事，因为当年战场上随便哪个弹伤不比这痛？虽然父亲自己从来不说，但我从别人口中得知：仅仅在红军时期，父亲就 7 次参加敢死队，5 次担任敢死队长，4 次负伤。一把大砍刀，砍得全是缺口，一仗下来就得换……所以，任何肉体疼痛，父亲当然不会在意，他只是习惯地说声："痛就痛呗，痛过了就不痛了。"

"爸爸要见马克思了"

可是这次，隐痛始终不止。很快，父亲饮食剧减。工作人员开始担心了，他们力促父亲入院检查，父亲拒绝了，反而令他们"不要大惊小怪"！

工作人员报告了相关领导，领导立刻上门劝父亲。父亲笑着答应他们：“好好，去一趟。”父亲同意到上海华东医院做个体检。不料，诊断结果为肝癌晚期，已经不可救治。

当时，所有人都把诊断结果瞒着父亲，但父亲从他们脸上一眼就看出了“情况”，当然也看出他们的善良心思。父亲看出后，也装着什么都没看出来的样子，该干吗还干吗。

我得知噩讯，立刻赶回南京家中看望父亲。

我刚刚进家门，父亲看见我就微微笑了，直截了当地说：“孩子，爸爸有情况了。爸爸快死了。”

我强忍悲痛地说：“他们会治好爸爸的。”

父亲说：“这次与以往不一样，爸爸很快要见马克思了。爸爸知道。”

在父亲病重的那段日子里，我预料父亲一定会用尽全力顽强地与病魔抗争，就像他当年打仗一样，不取胜，绝不后退。但是父亲再次让我出乎意料，他在绝症面前，给我最深刻的印象竟然是从容，是泰然自若，就好像他体内的病魔根本不配与他为敌，他根本瞧不起那个癌！癌细胞或许可以攻占他的身体，却不能撼动他的精神。

“北京路窄”

父亲病后和平时一样，他的烦恼一点儿没增加，笑容一点儿没减少。我看不出他有任何紧张不安之类的情绪，父亲该干吗还干吗。

时任北京301医院（即中国人民解放军总医院）政委的刘轩亭曾是父亲的老部下，他专门赶到南京，劝父亲转至北京治疗。不料父亲竟然一口拒绝：“我不去北京。”刘叔叔很惊讶：“干吗不去？301的医疗水平属于全国一流啊！”父亲强辩：“北京路窄……”刘叔叔更吃惊了，笑嗔：“长安街是全国最宽阔的街道。”父亲终于被逼得一叹：“北京人多啊……我吵架吵不过他们。我不去！”刘叔叔无奈地笑了笑。

父亲非但不愿意赴京治疗，甚至拒绝住院治疗，他坚持住在自己家里，一步都不肯离开。直到病况晚期，疼痛加剧，在中央军委领导的强硬指示下，父亲才不得不住进了医院。

这时，父亲已经每天24小时都处在医护人员的监护下了，院方竭尽所能挽救父亲的生命。

不料有一天，医护人员突然从病房沙发底下搜出半瓶酒！

医护人员大为惊讶：天哪，这瓶酒是怎么弄进来的？首长又是怎么在我们眼皮子底下喝掉了大半瓶？！

一连串责问声中，父亲却像孩子般窘笑：“嘿嘿……我馋啊。”

医护人员痛声责备：“首长啊，你这种情况还敢喝酒？这等于服毒，等于吃砒霜！”父亲再笑：“砒霜就砒霜呗。嘿嘿，我抗毒能力强！哦，这事你千万别暴露。”

院方立刻更加强化了对父亲的监护。

几天后，医护人员发现病房的卫生间里挂着父亲的一件军大衣。他们立刻起疑了：“这屋里暖洋洋的，首长你挂个大衣干吗，你还要查岗查哨吗？”医护人员里外一搜，果然，军大衣口袋里藏着另一瓶酒，而且已经开瓶喝过了！

唉，父亲太狡猾了，他知道自个儿上卫生间的时候，医护人员不好意思死盯着他，于是父亲立刻抓住“战机”，偷偷解馋。

还有一次，在上海看病回南京的火车上，经过一处路段时，列车晃动得很厉害。父亲突然对陪同的军区总院于仁祥主任说：“于大夫，打针，静脉针。你亲自打。”

父亲明明知道，打针、抽血之类的工作应该由护士承担，像于主任这样的高级专家早就不做此类事了，即使做也未必做得比护士好，何况是在晃动的列车上。

但是于主任并无二话，他取出注射器，汲药消毒，之后准确地为父亲进行了注射。

父亲夸奖："好，很好！"

事后于主任悄声对我说："你爸爸在将我的军！"我也悄悄对他说："你的本事，让爸爸很开心。"

当然，癌肿让父亲越来越疼痛了，到后来，已经变成没日没夜的疼痛。但父亲从不叫痛，他永远在咬牙坚持，一声不吭。有天夜里，父亲痛得再也难以忍受，于是告知医护人员："给我打一针吧。"

医护人员即刻推来药车。这时，父亲已经挺过来了，他沉声说："不打了，浪费。"

父亲重病的消息传向四面八方，很多老部下、老战友络绎不绝赶来看望，其中很多人是自费从遥远的地方赶到南京的。但他们所能做的，仅仅是被医护人员带到父亲病房门外，隔着玻璃远远地看他一眼。所以，父亲的病房外面，几乎每天都聚集着当年的战友……

病危中的父亲已经无力睁眼了，但他显然意识到战友们就在门外。因为我亲眼看见，父亲的手指头在被单下面轻轻动了一下，又动了一下……那是他挣扎着，试图用力抬起手来，向战友们告别。

时任南京军区司令员的向守志将军来看望父亲。向叔叔可谓相貌堂堂、英俊潇洒。那一天，向叔叔脸上却挂满了悲伤。父亲慢慢睁开眼睛，看见向叔叔脸上的表情，于是低唤：“守志呵，你来了……”

向叔叔立刻俯身倾听。

父亲夸奖：“你看你有多漂亮……”

听见这话的人，全都失声笑了。

我看见父亲快要进入生命尽头了，就给杨尚昆副主席的赵秘书打了电话，请他把父亲的情况报告杨副主席。

隔天，杨尚昆叔叔就与张震和洪学智两位将军一同赶到南京，轻轻进入了病房。

医护人员把病床上半截儿升起，父亲睁开眼睛，艰难地半卧半坐，微微颔首，表达谢意。

我们都退避了。我在玻璃门外看见杨尚昆叔叔俯下身体，一边握住父亲的手，一边低声在他耳旁说话。父亲动容，颔首……我不知道他们说了什么，但我看出那是生死不渝的同志情谊。继之，张震和洪学智两位老将军也依次在父亲耳边说话，父亲则再次流露出感动的神情。

父亲和他的老友握手的时候，不禁让我想起父亲当年那双手多么有力。他见到多日不见的战友时，喜欢用力握手。但他一发力，就经常把很多位将军握得嗷嗷大叫！后来，他们见面时再不跟父亲握手了，只是笑着抱拳作揖，招呼道："师父，免礼免礼！"但现在，父亲连手都握不动了。

在父亲最后的日子里，习仲勋叔叔专程从广州赶来看望父亲。他俩曾共事 7 年，习叔叔时任广东省委书记兼广州军区第一政委，父亲时任广州军区司令员。父亲看见习叔叔，挣扎欲起，口里含糊不清地说道："我要完蛋了……"

习叔叔上前按住父亲，在他耳边说话，安慰他……这种真诚和情谊使所有当时在场的人都非常感动。我也能体会到父亲在他生命的最后时间里，心灵深处也会为这种真诚而慰心。

1985 年 10 月 22 日下午 4 时 57 分，父亲走完了他传奇的一生，停止呼吸，溘然永逝，时年 80 岁。

第二章　土　葬

依照父亲生前愿望，他去世后没有火化，而是土葬。

20世纪50年代，中央决定移风易俗，倡议领导干部去世时实行火葬。

倡议书发给所有中央委员，所有中央委员都签字同意中央决定，只有父亲不肯签字。他对毛主席说：报告主席，我从小离家，一直没在母亲身边尽孝。我死后要和她老人家做伴，跟她一块葬在土里。

父亲说，当时毛主席意味深长地望着他，久久微笑不语。

父亲心里相当紧张，静静等待毛主席批评自己。因为所有中央委员都拥护中央决定，你许世友凭何特殊？莫非，你不但要搞这个特殊，还要毛主席答应你搞特殊吗？中央委员会中，少小离家闹革命的将军多了去了，岂止你许世

1967 年 10 月 1 日，毛主席和许世友在天安门城楼上

友一人？毛主席如果答应你土葬，别人怎么办？

但是，毛主席既没有答应也没有批评，一直微笑地望着父亲。直到毛主席转身离去时，才轻微点了下头，叹道：你是和尚嘛……父亲松了口气，知道主席默许了。

就这样，父亲成了中央唯一“默许”可以施行土葬的高级领导。他深深感激毛主席的宽容和理解。

父亲去世后，他的遗愿再次报到中央军委。这次得到正式批准，中央军委主席邓小平批复8个字：照此办理，下不为例。

赶制棺材

父亲生前，家乡曾经为他打造过一口棺材。

1979年，父亲已经74岁了，按民间迷信的说法，这个年龄“阎王不招自己去”。父亲主动开始安排自己的后事。这一天，他给在新县的许光写了一封信，信的全文如下：

许光：

邮去现金50元整，用这笔钱给我买一口棺材。我死后不火化，要埋到家乡去，埋在母亲身边。我活着精忠报国，死了要孝敬父母。

我今年74岁了，身体很好，活到八九十岁没问题，但请你们先为我做个准备。

许世友

10月22日

这里要还原一下历史真相。许光的母亲在父亲1926年离家参加革命后就嫁给一个做杂活的农民夏长文。许光生于1929年4月，在参军前他并不不识字，参军后在部队锻炼学习提高较快，成为海军副艇长，授中尉军衔。后来因为能力问题，部队决定让他转业复员，因此他来找父亲，希望父亲能帮他讲讲话，继续留在海军工作。父亲当时跟他说，海军是个技术兵种，如将来能力跟不上会对部队工作造成损失，到哪里都是革命工作嘛，回去还可以照顾奶奶……许光回到地方后，恪守本分，他本人从未打着父亲的光环为自己谋私利，得到当地群众的好评。

不久，许光回信告诉父亲，他用大别山的5种树木——松、柳、柏等合做了一口棺材，这口棺材是按照湖北麻城的习俗制作的（父亲家乡原一直属湖北麻城，后来划给河南新县的），并请父亲回老家验收棺材。

父亲打电话告诉许光：我打完对越自卫反击战就回来，我如果这回战死了，直接用这口棺材，不需要验收。

实际上，直到父亲去世，也没见到这口棺材是什么样的。

现在，那口五木合制的棺材运到南京了，治丧办忽然发现，那口棺材是按照年轻时父亲的身材打造的，已经容不下此时许司令的身材了，何况父亲因病又肿胀了许多。

领导们不愿意让死去的父亲受到一丝憋屈，于是，赶制新棺材的任务下达给了南京军区后勤部副部长赵绪振。

赵副部长遍寻各地，一时竟找不到合适的寿材，赶紧把求援电话打到广东。时任广州军区司令员的尤太忠将军，曾经是父亲的老部下，他得知邓小平主席已经明确同意对父亲施行土葬后，立即命人紧急办理。广州军区的同志，终于在广西某地觅得了一株楠木，星夜直运南京。

寿材抵达南京后，意外又出现了。连续几十年施行火葬之后，城里竟然找不到一个棺材铺，更找不到做寿材的师傅了！南京当然有许多优秀木匠，他们可以做出任何高档家具，却没有一人做过棺材。而且，寿主是大名鼎鼎的许世友。从设计、打造到完工，只有三天时间，于是，没有一个人敢承担。

治丧办非常焦急，会议开到深夜……

消息传出后，党史办的专家立即提供了一个情况：1970年9月，何香凝逝世，之后与廖仲恺合葬于中山陵园。何香凝的入殓棺木就是在南京定制的，制棺师傅为一代名师，但不知他如今是否健在。

赵副部长立刻率人四处打听、寻找，最终竟然真的在南京深巷中寻找到了这位名师，并把他请到治丧办。

老人来到灵堂，默默瞻望父亲遗体。之后又走到寿材面前，默默观看那株珍贵的楠木，随即颔首承担。

治丧办请老人先出个设计图稿，老人沉声说："不用了，都在我心里。"治丧办不放心，请老人大概讲一下棺材形制，老人又沉声说："不用了，我不负许世友！"

老人立刻召集高徒，准备器具，星夜赶制。

三日后，棺材做成了，它通体上下浑然天成，各处榫头丝毫无误地拼合在一起。入殓时，棺盖沿暗槽推上，全棺在内部自动锁定，严丝合缝，坚实异常。如果不毁坏棺木，任何人无法开启它。

我们家人和治丧办领导看后，一起向老人致谢！

老人感叹道："这是我这辈子做得最好的一具棺材，也是我这辈子做的最后一具棺材。"

送别父亲

遗体告别仪式设在著名的南京军区机关大礼堂，那座礼堂曾经历过中国当代史上很多重要时刻。

那一天，父亲昔日的许多旧部都来了，告别仪式从下午 3 时开始，持续到夜晚。人们一拨又一拨向吊唁大厅涌去，大大超出了当时中央限定的 3000 人规模。

南京的 10 月底已是深秋，依时令，应是少雨干燥之季。但那天下午，南京城的上空突然乌云密布，宛如黑压压的天阵。在遗体告别仪式的同时，猛然降下了罕见的暴雨，如注如瀑，宛如掉下一条天河。街道上所有车辆不得不开灯行驶。正在广场上列队等候的军人们，从军帽到皮鞋全部淋湿，但他们每个人仍然不避。这些军人像是从长江里走来的方阵，每个人都沉稳依序地步入灵堂，没有一丝错乱……那一刻我很震惊，但我也知道了，父亲曾经率领过一支多么了不起的部队啊！

入殓时，父亲穿一身他最心爱的军装（父亲几乎穿了一辈子的军装，即使在奉命退休的晚年，每天仍然是军装不离身）。

人们在父亲身边放了两瓶他喜爱的茅台酒，一部他经常听新闻用的半导体收音机，一支他心爱的双筒猎枪，一支他缴获的张灵甫的手枪（父亲曾将这支手枪呈给毛主席，主席笑说“你留着吧”）。

母亲依照乡俗，在父亲身边塞上 100 元钱。那时没有百元纸钞，每张纸钞面额只有 10 元……入殓完毕，就在棺

父亲使用过的两支枪，现藏于军事博物馆

盖推上的那一刻，外面大雨骤止，世界安静至极！

我朝外望去，只见夜空深不可测，满天星光闪闪！

11 月 1 日凌晨零时，一辆炮车载着父亲的灵柩，驰出了南京军区宏大而庄严的军门。但是这一次，父亲永远不会回来了。

父亲回到故乡，回到大别山的怀抱，安葬在河南新县田铺乡许家洼村。左边长眠着他的母亲，右面则是祖宗老屋。父亲终于如愿，侍奉老母亲，共聚黄泉。

父亲坟茔前，矗立着一尊花岗岩墓碑，碑上不冠职、不记功、不叙史，只镌刻着书画大师范曾手书——许世友同志之墓。

第三章　不愿提及的少林经历

父亲在自传中说："我 8 岁开始到少林寺学武，主要的原因是没有饭吃，要找个地方吃饱饭。""这些年中，我学会了十八般兵器，也学过飞檐走壁，我下了苦功夫。自己觉得了不起，称得起英雄好汉，将来要打尽人间不平事。"这段经历，是父亲诸多传奇经历的一段，也是海内外很多人感兴趣的。

这几句话，听来平淡，真实经历却充满艰辛。

入少林学功夫

在去少林寺之前，父亲还曾读过两年私塾。私塾离家较远，每天天不亮，奶奶给父亲备好一个饭团，父亲揣上留作午饭，然后翻过一个山坡去上学。晚上归家，天色已晚，父亲要打着火把走几十里山路。父亲的强健腿脚，就是少年时代在大山里磨炼出来的。即使这样，8岁那年，家里还是供不起他读书了。

父亲去少林寺纯属偶然。我曾听父亲讲起过这段经历。一日，父亲在草场上跟小伙伴们嬉闹、斗拳。他独自一人与四五个孩子打斗，打得不亦乐乎。谁也没注意，山路上走来一个中年僧人，他默默地在一旁观看。围观者后来说，僧人看了一会儿，摘下斗笠随手一挥，那些小伙伴竟然都被他挥得跌倒了。现在想来，可能是僧人确实有一身好功夫，围观众人都来不及看清楚其拳脚，只斗笠一挥就有这么大威力。

之后，僧人把父亲拉到一边，单独跟他聊起天来。聊天中，僧人发现父亲不但手脚麻利，而且识得字，聪颖好学。他问父亲："愿意进少林寺学功夫吗？"父亲大喜，少林寺可是男孩子心中的圣地啊，他当然愿意。僧人问："你爹娘愿意吗？"父亲便把僧人领至老屋，请求他的母亲答应。

奶奶问那僧人："学功夫就是做和尚吧？"僧人微笑："是尽缘分。"奶奶又问："我儿有饭吃吗？"僧人说："杂粮。"奶奶再问："我儿能识字吗？"僧人说："佛经。"奶奶泪眼汪汪地想了一会儿，虽然舍不得父亲离家，但觉得父亲如果进了少林寺，既有饭吃又能识字，已经是梦中难求了。

于是，父亲向奶奶磕了三个头，跟随僧人而去。这一去就是8年。后来才知道，这位僧人是位少林高僧，而且也姓高，他成为父亲的入门师父。

父亲入寺后，先从杂役干起，每天挑水、劈柴、清扫、采植……所有杂活，无不承担。此外，还须侍候寺内其他尊贵僧师。父亲整天非常辛苦，但从不偷懒，更不躲避任何苦差。两年之后，僧师们才终于同意让父亲开始练功。

小时候，我常缠着父亲讲述当年练功的经历，父亲往往是沉吟片刻后一叹："苦，非常苦！"

在少林寺，每天凌晨4点，父亲就会被师父拎起来，在冰冷的石地上练倒立。师父把父亲双足倒绑在高高的杆子上，令父亲双手撑地，悬空的身体不许有丝毫晃动。继之，单手撑地，身体仍然不许晃动。有时候，师父自己回去睡觉了，父亲必须单独苦练。直到日出后，师父再起身过来，把父亲从高杆上放下来……

我问父亲："师父不在，没人盯着你，你就不会偷偷放松吗？"

父亲嗔道："不能！练功如同做人，怎么可以欺瞒？而且，师父厉害，他一眼就能看出你有没有使出真功夫。”

练罢倒立，又练三年的“贴壁”、三年的“吊臂”。所谓贴壁，就是在墙壁上凌空揳上几根短木桩，每夜睡觉都必须睡在那几根短短的木桩上。父亲只能侧着身子，紧贴墙壁，全身绷得紧紧的，稍一放松，整个人就会从空中掉下来。所谓吊臂，就是每天夜里，父亲要把双臂吊在房梁上过夜；白天，还要把磨盘吊在手臂上行走，直到行动自如为止。

到了学习轻功的时候，父亲要在双腿绑上沉甸甸的沙袋，无论是干活、诵经、习武还是睡觉，不许有片刻解除……

我问父亲：“你会飞檐走壁吗？好多人说你会！”

父亲笑道：“这只是一种形容。不过那时候，一丈多高的房子，我一纵身就能蹿上去。夜里在屋上行走，我脚下不会踏碎一片瓦。”

到了练“铁砂掌”的时候了。头一年，身前放个木桶，桶内装满了黄豆。父亲十指必须根根伸直，两手轮番插，插透黄豆。插啊插，直练到一掌插下去，手指直插到桶底。第二年，一桶黄豆换成一桶小米，继续插，这要比插黄豆难多了，因为小米比黄豆密实得多。第三年，一桶小米换成一桶沙子，继续插。这比插小米要难多了，因为沙子更为密实，如同铁砂，寻常人连两寸都插不进去，而父亲必须一掌插至桶底。三年下来，父亲双手十指不知磨掉多少皮肉、流过多少血，肿了消退，消退后再肿，双手坚韧厚实，真的能够“抓人一把肉，叉人五个血窟窿”。

这时父亲已离家8年了，越发想念奶奶，便向师父请求返家探望。师父答应了，给假两天。临行前，师父再三叮嘱：出家人务要谨守谦和，外出断断不可生事。

闯祸打出山门

这一天，父亲跋涉百里，兴冲冲地来到老家的村边上，却碰见他哥哥被一伙人打。父亲大惊，赶紧上前询问缘故，出言阻止。原来是他哥哥放牛没留神，牛吃了别人的麦苗，父亲说可以拿钱赔他们的庄稼，可是对方不依，他哥哥被对方的几个家丁打得直吐血。

不仅如此，对方还破口大骂，随后旁边一人还上来挥拳猛击父亲。这人膀大腰圆，个头比父亲高出很多。父亲当时完全是下意识挥掌挡开了对方的挥拳，然后又下意识地弹脚反击，拳脚正中那人的胸口。

父亲这时候才发现自己练了 8 年的真功夫。他并没有存心要打死对方，只是见自己的哥哥被人欺负而愤怒自卫。现在见大汉已沉重倒地，吐血不起。走近一看，对方竟然死了，所有人都大惊失色。

父亲万万没想到，自己一脚竟然能把一个大汉踹得胸骨断裂、脏器破碎而死，知道闯下大祸了，他连家门也未进，立刻返回少林寺，跪到师父面前，向他禀告经过。师父听罢，长叹一声，沉默良久。

父亲不想让少林寺受到牵连，甘愿独自承担全部祸事。师父叹道："寺里不能留你了，走吧。"他掏出多年积攒的 8 个银圆，全部给了父亲。对于穷苦人家来说，8 个银圆可是一笔巨款啊。父亲大为感动，泣泪叩拜恩师。

按照寺规，父亲必须凭自身功夫打出山门，犹如一场毕业考试。父亲步出禅院、走向山门时，师兄们已经一对一对，两两相立，手拿刀枪棍鞭，摆开十八道武阵。父亲合掌垂首，先向众师兄深深揖礼，继之开始闯关——所有打斗必须使出真功夫，不得有丝毫藏虚。

那一日的凶险，父亲不愿意多说。

1982 年，父亲退休后准备写回忆录。协助他的工作人员曾就此事请教过原南京军区副司令员钱均将军。钱将军少年时也曾投奔少林寺学习武功，是父亲的师弟。钱将军感叹道：“那一天，山门外面充满拳脚之声、棍棒之声、怒吼之声，打得真是凶。许司令武功好，真的是自己打出山门的。我武功差，根本打不出去。我后来离开少林时，只能悄悄从后山小道溜走，这才参加了红军。所以，我都不好意思说我是少林的门人。”

父亲晚年，我再次向他问起当年那一天的事情，父亲沉吟道：“我闯了祸，打死了人，师兄们也不想留我了。所以，闯十八道武阵时，师兄们肯定是让了我一把，我才能打出山门。”

有一天，钱将军和我来到池塘边看父亲撒网打鱼。我问：“钱叔叔，你和我爸，到底谁的功夫好？”钱将军说：“那当然是你爸！他一进少林就当了和尚，习武的机会比我多。我当时是杂役，学功夫的时间不多。我练的是朱砂掌和洪拳。你爸爸不但武功高强，还会气功，倒退几步，身体一弹，就能用背脊吸在墙壁上，整个人不掉下来。”

我惊讶道：“你让我爸试试啊。”钱将军哈哈笑道：“现在你爸不行喽！你想，你爸在战场上中过多少子弹啊？气功散了，吸不住了，因为皮肤上漏气了。”

漂泊与寻找

那一天的事并没有结束。打出山门的父亲连夜奔回老家，把师父所赠的银圆全部留给了奶奶，含泪叩拜。离开了家乡之后，父亲开始漂泊天涯，四处寻找。父亲寻找什么呢？他想寻找传说中的“义军”，寻找隐藏在深山密林中的那支杀富济贫的队伍。父亲想要加入他们，从此沙场建功、护家报国！

父亲找了很久……这天，他累极了，落脚在一个简陋骡马小店的小角落。深夜，父亲在柴草窝里熟睡，梦中却突然听到高声喧嚷，蒙眬睁眼一看，一伙执枪挥刀的汉子冲入了小店。最初，父亲还以为是苦苦寻找的义军来了，但细一看，那伙人非但不是义军，竟然是山匪。这伙山匪凶狠地抢劫店中客人的财物，客人稍有抗拒，山匪挥拳便打、举刀就砍。

父亲暗叹一下，虽然愤怒，却仍闭目佯睡，希望不被他们发现，以免再打出人命来。不料，一个山匪摸索到父亲的草窝面前，踢了他一脚，随即抓向父亲枕在头下的那只小包裹，那里面是父亲仅有的几件衣物。就在山匪弯腰的那一刻，父亲突然睁开眼，一把抓住山匪脖子。那人拼命挣扎，却根本挣不开父亲的手掌……

父亲正欲悄悄离去，山匪头领却发现了他，指挥着七八个山匪都挥刀舞棒地朝父亲扑来。父亲赤手空拳，最后竟然把那伙山匪打退、打败了。父亲拎起自己的小包裹，连夜离去。他刚出店门，客栈老板就追了上来，塞给父亲一包干粮，感谢他帮助小店逃过一劫。

此后父亲仍然寻找他心目中的义军。数日之后，父亲遇见一支队伍，但仍然不是他所向往的义军，而是当时的军阀部队。但是招兵的长官却口沫四溅地吹嘘着入伍的好处，随后强行把父亲拖进队伍。

父亲在这支队伍中仅仅待了几天就犯事了，竟然要被绑赴刑场枪毙。因为父亲看见一个长官痛打部下，几乎要将那人打死。父亲忍不住，上前阻止。那个长官正想滋事立威，震慑这批新兵蛋子，于是挥起军棒狠打父亲……结果自然可知，倒地的是那个长官。

在执行枪决的路上，有人向师长报告了此事。那个师长听后，望着父亲远去的背影，突然把父亲喊住了，并把他叫到面前。师长上下打量了父亲一会儿，笑了："你这人胆子不小哇，连死都不怕，身手也厉害。这样吧，我且饶你一命，到卫士连吧。"

原来，那个师长看中了父亲，想让父亲做他的亲随卫士。但是父亲已经对这支队伍失望了。黎明前，父亲弃他们而去，再度寻找他心目中的义军。

父亲继续在山川旷野中寻找，吃了许多苦头，而且还要防备先前那支军阀部队抓捕他。父亲找啊找啊，终于在一片河滩地上看见了正在创建队伍的苏维埃政权，看见了那面镰刀与斧头交叉的大旗……现在，父亲终于找到了他梦想中的义军。父亲成为中共大别山红军部队最早的参与者与创建者之一。从此，父亲踏上了持续终生的革命征程。

师爷爷来南京

家中院子的南角，建有几间朴素的客房，我一直认为那儿是工作人员的住处。后来才发现，那几间房子跟少林寺僧人的住房几乎一模一样。有两间房子一直空着，仿佛静静地等待着什么人……

终于有一天，我看见父亲非常喜悦地迎来一位鹤发童颜的老僧，原来他是把自己的师父接来了。父亲朝我大声说："华山过来，这是我师父！是你师爷爷啊！"

原来，他就是父亲当年的恩师，那位少林寺的神奇高僧。我紧张地喊了声“师爷爷”，师爷爷慈祥地拉起我的手，明亮的眼睛上下打量我，最后笑道：“这孩子，长得挺像父亲啊。”当时，我感受最强烈的并不是这位高僧的神奇经历，也不是他身上蕴藏的深不可测的武功，是什么呢？是一位老人身上难言的魅力——一种温暖的亲切。

比如，这位高僧的手掌十分柔软和温暖，根本不像一双可以破石断铁的手掌。这使我一下子想起父亲的手了，父亲的手掌跟这位师父的一样，也是这般柔软、温暖。我很长时间想不通这件事：为什么拥有传说中神奇武功、能在瞬间毙人性命的铁砂掌，竟会这样柔软和温暖呢？

我依稀记得，小时候我问过父亲这事，父亲并没有给出明确的答案。而那天，父亲的好友、苏联的“胡子顾问”恰好做了个大冰糕带到我家。当裹着冰糕的毛巾一揭开，我们所有孩子都惊喜地叫起来，因为它不但大，还晶莹剔透、闪闪发光，简直太漂亮了！而实际上，它就是个掺杂了奶油和蜜糖的大冰块。

我们都嚷着要吃，但这么大的冰块，宛如岩石，坚硬无比，怎么个吃法啊？这时父亲走来了，他很随意地踱到冰块前，突然挥掌一劈。“咣”的一声，半尺多厚的冰块竟然从当中整整齐齐裂开了。父亲挥掌再一劈，裂开的冰块又裂成数块。父亲区区几掌，我们每个人都得到了冰凉可口的冰糕，而父亲简直像弹指挥扇那般轻松。那是我第一次看见父亲的手掌于不经意间爆发出的惊骇功力——一个人的手掌竟然可以这般柔软，又是这般令人惊骇！

师爷爷在家中居住期间，我对他和他带来的两位僧徒非常好奇，总喜欢跑到平房那里去，看他们打坐诵经，看他们洗菜煮饭……虽然不乏食物供应，但师爷爷他们根本不沾，他们只吃自己带来的米面，每日以青菜、豆角佐餐。更让我惊讶的是，他们非常喜爱吃院中生长的野菜，以及紫金山里冒出的野蘑菇。

有时候，师爷爷会牵着我的手在院中散步，他一边走，一边指点我看院中各种草木，告诉我它们叫什么名字，何种可食用，何种可入药，何种止血，何种解毒。师爷爷让我感受到：生长在我身边却被我熟视无睹的草木，都充满着神奇的生命。一日，师爷爷忽然看见院角暗处生出一只小小的、不起眼的紫色蘑菇，非常开心，甚至摘下自己的僧帽轻轻地盖住了它。我很奇怪，师爷爷告诉我：它不是蘑菇，是灵芝，我们千万别打搅它，让它安安静静地生长吧。

父亲习练少林拳法

师爷爷还和我说过父亲剃度出家的往事、父亲当年在少林寺居住的僧房与法号，以及那8年里诵经与练功的故事……当我喜滋滋地把听来的这些事儿告诉父亲时，却得到他的一顿训斥。父亲严命我不许到处乱说，并让我再不准去“打扰”师爷爷他们。

但从那天起，我觉得那位高僧不仅是父亲的师父，也是我的师爷爷了。他给我留下终生难忘的印象，他使我感受到：拥有绝世功力的人，总是那样温暖与朴素，他们的眼睛总是流露出微笑，性情总是那样慈祥，衣食总是那样简单，诵经做事总是那样专注……还有，我从父亲对我的训责中，反而感受到他内心暗藏着对少林寺的难言深情。

那 8 年的少林生活，既给予了父亲重重修炼与磨难，也给予了他深厚的武功功底与天地经义。父亲虽然口中不愿意说这些（甚至在他晚年，也制止帮助他写回忆录的助手书写他的少林经历），但那座山、那座寺、那拳法、那经义……都已经熔铸在父亲的生命里了。父亲最终把他从少林寺修炼的一切，伴随着自己的生命，一起贡献给了党和军队。

父亲终生都是这个脾气：喜欢做事，却不喜欢饶舌。

第四章 在延安的岁月

父亲原名许仕友，父亲自己把“仕友”改为“士友”。后来，毛主席又替父亲把“士友”改为“世友”。而这一字之易，足见领袖境界，甚至决定了父亲与毛主席的终生关系。

毛主席为父亲改名

这件事发生在父亲第一次见到毛主席的那天。

1935 年 8 月，父亲时任红四方面军第四军军长。那天，毛主席来到红四军军部。所谓军部，也就是长征途中的一块大草甸子。

毛主席和父亲亲切握手后，招呼父亲席地而坐，他俩就坐在草地上了。

毛主席笑道：许军长啊，我常听人提到你的大名，今天总算见到真人了。你的名字是哪几个字呀？父亲回答：言午“许”，士兵的“士”，朋友的“友”。毛主席颇感兴趣：为什么叫士友呢？父亲回答：老爹给我起的原名叫许仕友。参加红军后，我发现那个“仕”是做官的意思，我觉得有问题啊，干革命光想着做官怎么行？所以，我就把“仕”改成了“士”。

毛主席十分高兴：改得好，改得好哇！共产党人干革命，的确不是为自己升官发财，而是为了劳苦大众的翻身解放。不过，士友同志，我跟你商量一下，咱们可否再改个字？父亲连声说：主席改吧，改吧！毛主席拾过一根柴棍在草地上画字：你看，把“士”字改成世界的“世”字好不好？这个“世”字有两个意思。一个呀，我们红军干部，不仅做士兵的战友，还要做世界人民的朋友。再一个，是一生一世的意思。做朋友嘛，就要做它个一生一世！毛主席越说越兴奋，说完爽朗地大笑起来。

父亲高兴地回答：太好了！从今天起，我就叫许世友。

也许那一刻，就决定了一位领袖和一个战将之间的终生关系。因为，在我入世益深、年岁渐长之后，很多友人私下问我一个问题：为什么毛主席那么信任你爸？

他们久思不解的是，父亲并不是出自中央红军，而是出自红四方面军；“文革”当中，多少将军惨遭不测，而父亲“打而不倒”；父亲肝胆热血，性情爽直，与“四人帮”更是水火不容，屡次激烈抗争，但毛主席却始终信任甚至容忍父亲。这到底是什么原因？

坦率地说，友人们讲的是实情。至于原因，我也不解。天意自古高难问，毛主席的境界，不是我辈能够窥探得到的。我只能笑答：因为毛主席给我爸的名字改了一个字啊！

毛主席第一次救父亲

父亲亲口跟我说过，毛主席两次救了他的命。

1937 年 3 月，中央决定批判张国焘的错误路线，部分红四方面军的同志受到牵连，他们被审查、被批判、被关押，甚至可能会被处决。

当时，个别人想借批判张国焘来全盘否定红四方面军的历史功绩。父亲正伤病缠身，卧床不起。他对此想不通，接受不了，苦闷至极。

窑洞外面，大大小小的斗争会一天比一天厉害，红四方面军各级干部压抑至极。他们一拨拨来到父亲住处，悲愤落泪，伤心欲绝，激动倾诉……当时父亲感受到的痛苦，远甚于身上的战伤！

有人看见红四方面军干部聚集到父亲身边了，便断定：许世友同情并包庇张国焘，暗中反对党中央，而且秘密组织反革命集团。

父亲立即被逮捕关押。一同被抓的另有不少红四方面军的军师级干部，他们都被关进一排牢洞里。

放风时间到了，这些百战余生的指挥员终于相聚了。他们彼此一望，伤心难抑，有人禁不住痛哭……

正在放风的父亲听到哭声，立刻朝哭者怒吼：哭什么？红四方面军没一个孬种！杀头就杀头，枪毙就枪毙，哭个屁，不准哭！

但是，父亲这种视死如归的态度，在某些人眼里，更像是“死不认罪，抗拒中央”。

于是，守卫们先给父亲戴上一副手铐，但手铐根本拘不住他。守卫见父亲不但手劲儿大，腿脚更厉害，于是，又给他加了一套脚镣。在被关押的所有干部中，父亲唯一享受了“镣铐双全”的待遇。

戴着手铐脚镣的父亲还是不安分，他在牢洞每天唱几段京剧，《包公铡》啊，《小放牛》啊。看守见一个重犯竟然整天乐呵呵的，就很生气，骂他是个“托洛茨基分子”。父亲跟那看守打趣：“什么？兔子吃鸡？没听说过嘛。我告诉你，兔子从来不吃鸡，狐狸才吃鸡，不信你问问中央！”

在那些日子里，父亲多次被拉到大会上批斗，而台下席地而坐的又都是他的老部下，是那些跟随他出生入死的战士……父亲在这个时候往往格外愤怒，身上的手铐脚镣也被他挣得哗哗作响，几乎断裂掉。他破口大骂那些污辱他及其部队的人！

台下好多战士听了流泪，但不敢哭出声来。

在决定父亲命运的那次会议上，有人建议，许世友态度太恶劣，气焰太嚣张，应该立刻执行枪决，否则不能教育受欺骗、受蒙蔽的红四方面军部队……当时多数人已经同意对许世友执行枪决了，但毛主席否决了这个建议，父亲侥幸活了下来。

令父亲更加诧异的是，牢洞里的他，竟然收到了毛主席托人送来的一条哈德门香烟。这烟在当时的延安非常稀少，而且还是毛主席所赠，这是何等珍贵！

其实，父亲的非常经历与肝胆血性，早就引起毛主席的关注。当时，红四方面军另一位领导人、父亲的老上级徐向前伯伯刚刚到达延安，毛主席立刻让他去“看看许世友，代表中央做些工作”。

隔日，毛主席亲自来到牢洞，跟父亲谈话。

这次谈话，毛主席和父亲都叼着主席送的哈德门香烟，你一支我一支，吸个不停。毛主席严肃地给父亲讲道理，反复说明张国焘的错误所在，而父亲一言不发，静静地听。他们面前飘着大团烟雾……

毛主席看一时难以说服许世友，就婉转地结束了这次谈话。

两天后，毛主席又来了。戴着镣铐的父亲被带到主席面前，主席静静地看了父亲一会儿，忽然摘下军帽，正声道：许世友同志，你们作战勇敢，牺牲很大，非常辛苦。我向你表示敬意！

毛主席竟然微微鞠了一躬。

父亲这刚强的汉子流下了眼泪。

毛主席接着说：红四方面军的干部，都是党的好干部、红军的宝贝，绝不是他张国焘个人的。张国焘也是党中央派到红四方面军工作的，他的错误应该由他自己负责，与你们这些同志没有关系。

毛主席唤来看守，接过钥匙，亲手为父亲打开了手铐、脚镣……

父亲被释放后，毛主席亲自安排他进入“抗大”学习，并给他设置一个职位：抗大校务部副部长，让父亲半工半读。当时抗大校务部的工作性质跟管理科差不多，于是，父亲就尽心尽力为抗大干部们服务。后来几十年间，父亲视察部队时，只要来到后勤部门，就喜欢自豪地来一句：我在抗大当过管理科长哪！来来来，我给你们讲讲怎样保障战斗力。

父亲在抗大期间，多次聆听毛主席授课，讲军事，讲哲学，讲政治，讲形势……父亲深深震惊了：毛主席真了不起啊！从上古到当今，从天上到人间，从思想到打仗，样样都知道，样样看得这么深、讲得这么透！

从那时起，父亲铁了心跟随毛主席，而这一跟随，就如同他改的名字：一生一世！

后来几十年间，父亲常提起那段日子。

父亲说：毛主席啊，最知心！他太了解我们这些干部了，尤其我们心里的苦、心里的痛。他几句话一说，就好比醍醐灌顶，我们豁然开朗。

“文革”中，时有受冲击的军队领导干部来找父亲诉说心中苦闷，父亲告诉他们：坐坐牢也有好处，平时你太忙，没工夫想事。牢里安静，逼着你多动脑子。坐一年牢，顶三年大学。

在延安坐牢的日子里，父亲不但提高了思想境界，更饱尝了世态人生。

一件毛衣

长征途中，红四方面军在四川懋功与中央红军会师了，当时大家都非常开心。尤其红四方面军的干部，他们看见，中央红军中不光有他们早已闻名的党领袖，还有好几对革命夫妻呢！只见夫妻俩成双入对，同甘共苦，并肩作战……这对一直奉行“革命成功后再结婚”的红四方面军干部影响很大。干部们哄然了，对上头提意见：男人嘛，总得有个老婆嘛……

红四方面军总部终于取消了原先的禁令，改了规定：军以上干部允许结婚成家。身为军长的父亲，恰好是为数不多的、允许找老婆的干部。

经人介绍，父亲认识了年轻姑娘雷明珍。雷明珍是四川达县人，平时好学上进，工作上大胆泼辣。父亲和她见了几次面，双方互有好感。在战友的撮合下，两人很快举行了婚礼。

婚后，雷明珍对父亲非常体贴。当时，部队时常征收牛羊作为给养，地面上便经常散落些牛羊毛。细心的雷明珍将那些牛羊毛一撮撮、一根根收集起来，积少成多。她在无数夜晚，用双手把那些牛羊毛搓成毛线，最后，她竟然为父亲织出了一件由牛毛与羊毛混织的毛衣！那是父亲平生第一次穿上毛衣啊，他非常开心！父亲得意扬扬地穿着它在干部会议上显摆，逢人便感叹：暖和哇！顿时，陈再道、陈锡联等师长们大为眼馋，纷纷叫唤：和尚都能讨老婆，为什么我们这些凡夫俗子不能？

长征到达延安后，父亲进抗大学习，雷明珍被分配到延安县负责妇女工作。两人虽然分居两地，但经常书信往来，感情越发深厚了。

不久，父亲因“张国焘路线”被捕。这时候，雷鸣珍是他唯一的亲人了。天气转冷的时候，父亲在狱中写了封信托人捎给雷明珍，大概意思是：想念她，盼望雷明珍来看望他时，把那件毛衣也带来……当时，父亲多么盼望得到一点儿温暖，盼望得到一份人间亲情啊！父亲等啊等，雷明珍始终没露面。终于，她托人捎来一封信和一个包裹。在那封信里，雷明珍对父亲“背叛革命”非常气愤，表示坚决离婚，与父亲划清界限、一刀两断！父亲看完信，沉默许久，冷静得骇人。继之，父亲慢慢打开那只包裹，惊呆了：雷鸣珍把她亲手织的那件毛衣全部剪成碎片，大的如掌，小的如火柴盒，而她曾经为这件毛衣耗费了多少心血啊。从那堆碎片中，可以体会到雷鸣珍剪它的时候心里多么恨父亲。她不但剪碎了两人的爱，剪碎了他们渴望中的家，而且，她一定要让父亲亲眼看见这些碎片。

父亲立刻向看守借来一支笔，在雷明珍信末写下：同意离婚。

随后，父亲擦着一根火柴，烧掉了那些毛衣碎片……我不知道父亲面对小小火焰时心里想些什么，他只是在后来跟我表达过一个意思：并非只有敌人才能杀害我们。有时候，亲人打来的子弹，比敌人打来的更致命。

后来，毛主席亲自解救了父亲。雷明珍得知后，对自己的冲动和轻率后悔莫及。她多次找机会见父亲，流泪认错并希望复婚，但父亲坚决不同意。

进入全面抗战后，父亲率部跟随朱老总进入太行山，雷明珍也主动要求前去抗日前线，于是跟随部队一起进入太行山区。

一天，雷明珍向朱德总司令泣诉了自己的心情……

朱老总是何等厚道的长者啊！他立刻把父亲喊来，亲自做工作，热心撮合。朱老总希望父亲与雷明珍破镜重圆，成就一段革命佳话。当晚，他们把雷明珍安排住进一间瓦屋，之后，一位干部赶来通知父亲：朱老总召你开会哪。

那位干部笑眯眯地把父亲引入那间瓦屋。父亲刚迈进门槛，外面“咔嗒”一声就把屋门锁上了，门板上挂了好大一把铜锁！

父亲诧异了，一眼看见土炕上垂首坐着的雷明珍，面有羞愧，一副欲言又止之状……父亲立刻明白他们的良苦用心。当时，父亲沉默片刻，掉转身，抬起一脚踹向屋门。

门板破碎，那把大铜锁飞出去好远！父亲扬长离去。

从此之后，他与雷明珍再无来往。

第五章　在山东：成为传奇

到延安后不久，党中央开始施行“放手发动群众，壮大抗日根据地”的战略，目光盯向山东。在毛主席眼里，山东是一把尖刀，直插侵华日军的腹部。

这时，毛主席点将了：许世友，去山东！

毛主席：“许大将军出山了！”

当时，延安高层领导对许世友重掌兵权并且独据一方，仍有不少担心甚至非议，久久讨论不决。但毛主席对父亲坚信不疑，他笑道：我看还是许和尚吧。给他一方天，让他开道场。

很快，中央军委任命父亲为胶东军区司令员，赋予他开辟并扩大山东抗日根据地的重任。

一个大雪天，父亲策马奔向山东战场。

“我在山东十六年”（父亲手迹）

母亲于 89 岁高龄时为当时正在筹建的“许世友将军在胶东”纪念馆题写了“红色胶东，军民情深”8 个大字

父亲爱读《水浒传》，爱山东，更喜爱山东籍战士。父亲常跟我讲，山东人性情豪爽，打仗勇敢。在山东的16年里，父亲与胶东子弟兵转战南北、出生入死，结下了血肉般的情谊。

由于父亲在出身、性情、作战勇猛等方面的传奇性，在山东尤其在胶东一带，许世友的大名尽人皆知。关于父亲的传说实在太多了，有些甚至成为某种民间口头神话了。人们有的说：许世友是罗汉转世，佛祖莲座上有108片金叶，佛祖摘下一片给了毛主席，那就是许世友！有的说：许世友睡觉睁只眼闭只眼，上半夜睁左眼，下半夜睁右眼，各观半边天。还有的说：许世友那只20响驳壳枪，一天到晚机头都张着。不管何人，进屋必须喊报告。有天老婆进门忘了喊报告，刚迈进一只脚，枪就响了，子弹正中老婆脑门……这些故事都太玄乎，很多朋友都问我真假，我告诉他们，父亲枪不离身是不假，但从来没有失手打死过自己人，更别提打死母亲了！

但是，我的解释根本不如民间传说有力，就像孤独的事实根本抵挡不了普遍的信仰，人们似乎更喜爱他们心目中的许世友。日久天长，我也不解释了。因为我发现，我的父亲许世友早就不属于我们，他属于中华民族，属于可敬可爱的老百姓。

1941 年 3 月 15 日，父亲在胶东首次公开登台“亮相”。

“我来胶东就是要打仗的。太平我不来，我来不太平。”父亲别具一格的“就职演说”，一开始就使整个会场布满了浓浓的火药味。“蒋介石制造了‘皖南事变’，胶东投降派配合日本鬼子天天打我们。我们不打就没有出路，不打就不能抗战到底。我们要坚决打出去，打垮日本侵略者，打垮投降派，打出山东的新局面。”

短短一席话，讲出了 7 个“打”字，胶东干部和老百姓初逢乍见父亲，与其说他是一位“战将”，倒不如说更像一位“战神”。

父亲初到山东时，最突出的贡献并不在于歼灭了多少敌人、缴获了多少武器装备，而是他一到位就打破了“日军不可战胜”的神话，让胶东部队指战员看清了自己的力量，大大增强了战胜日军的勇气和信心。

正是因为这种硬碰硬的刚猛精神，使得父亲不仅成为老百姓心中的传奇，甚至在敌人那里也成了传奇人物。胶东日伪军画了幅青面獠牙、血盆大口的漫画，上面写了三个大字“许世友”，并且张贴得到处都是。在敌人眼里，许世友就是个潜行无迹、杀人如麻的恶煞凶魔。

关于这幅漫画，邓岳将军曾回忆道："我现在一闭眼还能看见它。哈哈哈，其实敌人那幅漫画起了反作用，倒把他们自己吓破了胆，弄得他们草木皆兵。"

我听后心里感叹，这种漫画，我在"文革"时也常见啊！父亲与许多将帅的姓名，也时常被颠倒着写成血红大字，笔笔狰狞，如刀如刃。

从1941年春到1945年9月日军在投降书上签字，4年里父亲带领胶东子弟兵与日伪军浴血奋战，扭转了我军在胶东的被动局面，粉碎了日军多次拉网式扫荡，并广泛发动群众，建立民兵武装，游击战、地雷战、夜袭战、麻雀战等战法大显神威。从抗日战争到解放战争，父亲转战山东长达16年，率领胶东子弟兵打了许多漂亮仗。

半个世纪后，当地老人还念叨：那年头哇，俺胶东先后出过24个司令，统统被一个共产党司令收拾掉了！

一位老将军，20世纪70年代末来家看望父亲。他说起当年的岁月，仍然感慨不已："你爸这人啊，性情非常刚烈，记得牙山战斗前，他亲自动员，就几句话，句句像榔头，掉地上能砸个坑。他说：'动摇军心枪毙，消极避敌枪毙，临阵脱逃枪毙，见死不救枪毙！'当时，我们从团长到战士，句句记得牢牢的。攻刁崖那会儿，上上下下声势浩大，司令员在后面盯着哪，只许进，不许退！三冲两冲我们就冲上去了！”

马石山十勇士

几十年来，抗日战争中的英雄群体，如“狼牙山五壮士”“八女投江”等，人们早已耳熟能详，但是对于马石山十勇士，人们却知之甚少。而在军中最先宣扬“十勇士”，是父亲下的命令。

1942 年底，胶东八路军部队一个班 10 个战士，为救出在日军大扫荡中被包围的人民群众，全部壮烈牺牲！

多年来，马石山十勇士一直是所在部队传统教育的楷模，但外界知之甚少。直到纪念抗日战争胜利 60 周年，即 2005 年 8 月，解放军总政治部在军事博物馆举办《民族先锋——中国共产党抗日战争英烈展》后，世人才广泛知道马石山十勇士的英雄事迹。“马石山十勇士”与“八女投江”“狼牙山五壮士”“刘老庄八十二壮士”，共同成为共产党抗日队伍中四大英雄群体，印刻在中华民族的伟大历史中。为了永远铭记抗日英雄的不朽功勋，大力弘扬爱国主义精神，凝聚中华民族伟大复兴的精神力量，2014 年 9 月

1日，经党中央、国务院批准，民政部公布了第一批在抗日战争中浴血奋战、为国捐躯的300名著名抗日英烈和英雄群体名录，马石山十勇士名列其中。

1942年，日军在太平洋战争中遭受惨重损失，侵华日军在中国战场上，尤其是面对八路军作战中，也接连受到沉重打击。为巩固日军在中国后方的侵略基地，山东日伪军调集2万余兵力，于11月对胶东地区进行冬季“拉网式大扫荡”。

父亲1940年9月出任山东纵队第三旅旅长，在清河两岸战斗。1941年3月15日，父亲率清河独立团到达胶东，任反投降指挥部总指挥，与林浩政委共同指挥第五旅、五支队，打垮了山东境内十几个投降派的部队，而父亲所率军力则成倍增长，根据地大幅扩大，迅速改变了胶东的战争态势。

1942年10月，父亲出任胶东军区司令员，刚刚上任就遇上日伪的冬季“拉网式大扫荡”。

这次“大扫荡”，日寇决心之大、计划之周密、手段之狠毒前所未有。11月14日，华北驻屯军总司令冈村宁次亲自乘飞机到烟台布置计划，21日，日伪军8000余人分头出动，在海、空两军配合下，多路奔袭栖（霞）牟（平）

海（阳）莱（阳）边区，一步一步向马石山地区压缩，妄图寻找并歼灭我胶东八路军主力。

父亲和林浩政委指挥第五旅和十六团、十七团及地方武装 1.4 万人，与敌人展开殊死搏斗。11 月上旬，在海阳县战场泊村召开了营以上干部会议，确定了“保存有生力量”，采取以“营连为单位”“分散活动，分散坚持”的方针，粉碎敌人“大扫荡”。

23 日，日寇在“拉网式大扫荡”中组织 5000 余人在胶东乳山马石山地区收网，牟平、海阳、栖霞等县 6000 余名抗日群众和一批共产党军政人员被拉入“网”内，处境十分危险。

21 日晚，父亲和林浩政委率军区机关沿马石山西侧向南转移，在十七团一营和军区特务营护卫下，抵达海阳所镇，当敌人从三面合围马石山之际，连夜迎敌向水道转移突围，与日伪军擦肩而过。23 日，进至棘子埠村，跳出了包围圈，保证了对全区部队反“扫荡”作战的不间断指挥。

在日寇包围马石山时，胶东军区五旅十三团七连二排六班 10 名同志，班长王殿元，战士赵亭茂、王文礼、李贵、杨德培、李武斋、官子藩等赴东海军分区执行完任务返回途经此地，当得知有众多群众和地方干部被日寇包围在马石山、情况十分危急时，“十勇士”果断决定：“留下来，救群众！”他们决定潜入敌人包围圈，带领群众突围。

趁敌人包围圈尚未完全形成之际，“十勇士”借助混乱和植被的掩护沿着沟壑一步步接近马石山，在敌人疏于戒备的一个山坳处，悄悄潜入，寻找被包围的群众。在一个山坡上茂密的松林中，“十勇士”找到约200余名聚集在一起的群众。人群中有的看到八路军到来了，立刻兴奋起来，感到有了希望，一下子把10位战士围起来，用期待的目光争相介绍被敌人包围的情况。

王殿元告诉大家：“老乡们，别害怕！我们是十三团的，大家不要惊慌，现在敌人把山围得很紧，但咱们地熟、路熟，肯定能突围出去。等到天黑后，我们带大家一起突围，有我们在，就有大家在。”

恐慌的群众看到自己的队伍，也看到了生的希望，一个村干部说：“八路来了，我们就有救了！”

这时，一位老大娘拉着两个孩子走到王殿元班长面前，急切地说：“同志，不行啊，鬼子把整个山都围住了，领着这么多人突围，会连累你们的，你们自己走吧。这两个孩子是烈士后代，爹妈都是打鬼子牺牲的，上级把他们寄养在俺家里，绝不能让他们落到鬼子手里，你们想办法把孩子带出去吧！”

听了奶奶的话，两个孩子哭了起来。扛机枪的高个子战士赵亭茂抢上前一步说：“班长，这两个孩子交给我吧，只要俺有一口气，豁上命也要把他们带出去！”

一名稚气未脱的小战士王文礼，攥着手里的枪来到王殿元身旁，说：“班长，开路的任务交给我，一定要把大家都带出去啊，我们是胶东的子弟兵，生死也要和乡亲们在一起！”王文礼，此时刚刚 19 虚岁，却已当了 4 年八路军战士了。在他三岁时，亲娘被饿死，后来随爹讨饭度日艰难长大，日本鬼子侵入胶东后，父子俩一起参军，编到十三团七连，儿子在六班当战士，父亲在连里当司务长。由于王文礼打仗勇敢，刚满 18 岁就加入了中国共产党，是一名出色的八路军战士。

班长王殿元看着几位战士，坚定地说：“今晚无论如何要带群众突围出去！”

为确保突围成功，“十勇士”和被围的当地群众研究突围路线，并请到一位熟悉这一带地形的牧羊老人当向导。动员群众突围时，王班长说：“不要害怕，要安静，听指挥。”在确定突围方案后，王殿元亲自到鬼子封锁线探路，察看敌情，赵亭茂、王文礼等则分头把群众带到马石山西北面的山沟里，做突围前的准备。

子夜时分，鬼子封锁线的火堆还在燃烧，但枪声已沉寂下来。折腾了一天的日伪军人困马乏，突围的时机到了。

王殿元把全班战士召集在一起，说：“火堆旁的敌人不多了，有的地方只剩下一个岗哨，其余都回帐篷睡觉去了，咱们立即行动。”

战士们把乡亲分成两队，顺着三里长的山沟向选定突围的沟口移动。当接近沟口时，王殿元让赵亭茂照看好那两个孩子，他亲自带领李贵等三名战士分别登上沟口两侧的山脊，向不远处山包上的两个火堆迂回摸去。只见火堆旁几个黑影一闪，只几秒钟工夫，火堆旁的哨兵已被班长他们干掉，两堆火也随即被扑灭。这一切群众都看得真真切切，心中既紧张又兴奋。随着班长发出的信号，战士们带领群众奔向沟口，霎时间便消失在夜色中。

敌人一时没有发觉这个口子，第一批乡亲顺利地从这里突出了包围圈。然而，“十勇士”却在沟边止住了脚步，他们知道还有更多的乡亲被鬼子包围在马石山。“大娘，大娘……”听到声音，大娘停住了脚步，班长王殿元说：“大娘，现在你们安全了，我们还要返回马石山去救其他群众，这两个孩子还是由您照料吧。”他把两个孩子又交回给老大娘。王殿元拉着孩子们的手，急促地说了句：“快跟奶奶走吧！”便又迅速带领 9 名战士回头向马石山奔去。大娘还没来得及说上一句感谢的话，只能目送“十勇士”消失在夜色中。

途中，“十勇士”遇上海阳县八区的约 100 多名群众，带队的人姓赵，是农村抗日救国会会长。王殿元向赵会长详细询问了山上群众的分布情况，然后把 9 名战士分成了三个组，在约定了大致的会合时间、地点后，两个组继续收拢分散在各处的乡亲，组织他们尽快到“突破口”处突围，他自己则率领两名战士，引导海阳八区这批群众再找一条近路突围出去。

其他两个组分数次组织零零散散的群众从第一个突破口成功突围，又救出了上百名群众。

黑暗中由于辨不清方向，王殿元带领群众顺着一条小山沟绕了很久，终于又来到一个沟口，这时已是凌晨三四点钟了，前面不远处便是鬼子的封锁线。火堆越烧越小，夜深人静，正是敌人哨兵戒备最懈怠的时候。王殿元叫大家先等一会儿，他带着战士去探路。很快“路”打通了，群众像脱网的鱼儿悄悄游出沟底。至此，第二批 200 多名群众得救，消失在无边无际的黑夜中。

王殿元和战友们又一次止住了脚步，他们心中想到的只是马石山还没有被救出的乡亲。

赵会长拉着王殿元的手，关切地说："同志，你们也快走吧！天快亮了，要是鬼子发现就来不及了！"

王殿元回答："被围在里面的人还有很多，不救出他们，我们的任务就不算完成。"说完，便带着战士们顺原路返回马石山。

东方刚刚发白，让人担心的事情终于发生了。敌人的流动哨发现了第一个"突破口"处熄灭的篝火和被杀死的鬼子，立刻鸣枪示警，不一会儿，一伙日本兵吼叫着向这里扑过来。

这时，王殿元已与其他战士会合，并带领第三批数百名群众陆续赶到第一个突破口。听到鬼子的枪声和喊叫声，突围的群众乱了营，惊叫着、哭喊着往回涌。

王殿元和战士们告诉群众，往回跑只有死路一条，要勇敢地与战士们一起往外冲！

王殿元命令大老赵用机枪吸引敌人火力，自己率领李贵、王文礼等 8 名战士转身跑下小土埠，直冲着沟口的敌人扑过去。

由于“十勇士”如神兵天降，加之与鬼子距离过近且能见度很差，双方都没来得及射击就搅在了一起，霎时传来一阵阵厮杀声和兵器撞击的声音。小土埠上和沟里的乡亲们都惊呆了，一时竟忘了逃生。一场短兵相接的战斗就在小土埠下展开，敌人也顾不上封锁突破口了。看到这情景，大老赵急了，大喊一声：“乡亲们，还不快跑！”于是，第三批惊慌的人群冲出了包围圈。

经过短兵相接，鬼子被杀退了，战士们也冲出了包围圈。

我方牺牲一名战士，王殿元、王文礼等人也受了伤。身边的乡亲们见状，撕下衣襟要给战士们包扎，王殿元说：“不能再耽误了，趁天没大亮，赶快走！”

这时，一个10多岁的小女孩从树林后面跑过来，哭着对赵亭茂说：“叔叔，俺爹俺娘还在西南面那条沟里面没出来，求你们救救他们吧！”王殿元听小姑娘这么一说，不禁一愣，忙问：“沟里还有多少人？”小姑娘说：“满满一沟。”王殿元问明情况，抬头看了看越来越亮的天空，指了指突围的人群对小女孩说：“不要哭，小妹妹，你先跟他们到安全的地方去，我们一定想办法把你爹娘救出来！”

王殿元和战士们谁也没有再说话，他们一溜小跑朝小女孩指的马石山西南面那条沟的方向奔去。

王殿元和8名战友找到马石山西南侧山沟里的那批老乡时，天已经大亮了，这是他们要救的第四批群众。此时山下布满了密密麻麻的日伪军，四处不时响起零星的枪炮声。乡亲们看到眼前突然出现的八路军战士，还没弄明白怎么回事，只听一个战士喊道：“乡亲们，不能在这里等死，快跟我们冲出去！”

从绝望中省悟过来的群众，此刻也都抱定了不是鱼死就是网破的决心，紧紧跟在战士们后面奔跑。

跑出山沟，绕过一个小山包，人群突然和10多名鬼子遭遇。王殿元大喊一声：“同志们，考验我们的时候到了！”8名战士举起亮闪闪的刺刀，像猛虎一样扑入敌群。敌人一时被这突如其来的场面惊呆了，当鬼子们手忙脚乱地对付这9个从天而降的八路军战士时，后面的一部分群众乘机冲了出去。

马石山周围的枪声越来越密集，几架日军飞机绕着马石山主峰低空盘旋。敌人开始倾巢出动，“收网”合围马石山了。

王殿元和战友们在最后一次掩护群众突围时，又有三人牺牲。为了掩护没有突围出去的群众，把敌人吸引到自己身边来，剩下的 6 个人在王殿元的带领下且战且退，登上马石山主峰西麓峰顶。

24 日整整一个上午，6 名战士依托一道石墙和几处天然岩石顽强地坚守，与四面攻山的敌人展开殊死搏斗，打退了敌人在飞机大炮配合下的多次进攻。子弹打光了，他们砸坏枪支，石块成了他们最后投向敌人的武器。班长王殿元、机枪手赵亭茂及战士李贵在敌人冲上来的最后关头，抱在一起拉响了最后一颗手榴弹，与敌人同归于尽。

被围困的上千名群众得救了，而偶然路过这里的 10 名八路军战士却长眠在了马石山上。他们甚至没能给人们留下一份完整的名单，当地群众给他们起了一个十分响亮的名字：“马石山十勇士”。

在“大扫荡”后期，父亲陆续得知，在马石山地区有 6000 余名群众在部队拼死掩护下免遭敌人屠杀，他深感欣慰。但仍有 503 名群众惨遭杀害，十六团、十七团等单位为了掩护群众脱险共有 4 个连几乎全部壮烈牺牲，加上另有几个排、班共计 540 余名干部战士壮烈牺牲。军区政治部摄影记者鲁农含泪拍下这悲壮一幕，父亲对敌人的残忍无比愤恨，对干部指挥失误非常生气，对战士壮烈牺牲十分痛心。

日伪军“大扫荡”结束后，父亲率军区机关返回海阳县战场泊村，当进入乳山、海阳县境时，沿途群众无比悲愤地控诉日伪杀害人民群众惨绝人寰的滔天罪行，无比激动地赞扬“十勇士”的英雄事迹，感人至深，催人泪下。到达战场泊村后，父亲又听了乡亲们含泪诉说被“十勇士”救出的惊心动魄的经历，立即指示机关向在烟青路以西的五旅通报了“十勇士”的英雄事迹，五旅马上派一个由参谋刘岩带领的小组，详细调查“十勇士”事迹，并妥善处理烈士遗体。父亲立即召回疏散在外地的文工团，并亲自向编导佐萍交代任务：“宁可不睡觉，也要尽快把‘十勇士’事迹搬上舞台，以鼓舞士气、稳定人心。”军区文工团经过连夜奋战，把《马石山上》话报剧搬上了舞台，连续向部队、医院和群众进行巡回演出30多场，群情激愤，效果极佳。为满足更多群众要求，有的农村剧团也上演了《马石山上》。

当时在海阳县从事文教工作、后为作家的峻青等十余人，是“十勇士”救出的幸存者，他紧跟在机枪射手身后，目睹了“十勇士”奋不顾身掩护群众脱险的感人情景。脱险后，他在无比激动的心情下，冒着纷纷大雪，于林寺山麓，含泪写下救命恩人的英勇事迹《马石山上》纪实文学，并于 1943 年 1 月发表在胶东《大众报》上。他说：“这是我亲身经历的真实事件，我永远不会忘记‘十勇士’甘愿用自己生命换取人民群众生命的崇高情怀和伟大的为民牺牲精神。”

在胶东军区反“扫荡”总结大会上，父亲听了各单位汇报后，严厉地批评了损失较大的两个团，表扬了十三团，专门介绍了“十勇士”事迹，并号召全区部队向他们学习。他说：“十三团损失了一个班，救出了千余名群众的生命，值！要大力宣扬‘十勇士’，再给十三团补兵一千，其他单位不补。”不补兵是气话，最后，对伤亡较大的连队也补齐了兵员。

1943 年 1 月，当时在胶东军区五旅司令部任秘书长的作家、戏剧家马少波专门到马石山一带深入采访，写成了报告文学《十勇士》，刊登在胶东《大众报》上，后被延安《新华日报》和上海《七月》文学月刊转载。同月，胶东区行署在马石山上修建了“马石山殉难军民之墓”和“马石山殉难军民纪念碑”。

为了给干部战士和人民群众一个交代，1943 年春节前的一天上午，父亲要对大家讲话，话很简练，却既是总结，是担当，又是承诺，是动员。讲话前，警卫员抬了一张桌子，桌上放着一把菜刀和一只大公鸡，一只蓝花大碗倒满了酒，父亲健步走到案桌前，大声说：“同志们，敌人拉网‘大扫荡’，我们吃了大亏，屠杀了我们500多名同胞，一是敌人凶残，二是我们工作没做好。”说罢，父亲手起刀落，一刀剁掉鸡头，鸡血流到酒碗里。他一口喝下鸡血酒，接着说：“今后，如再出现类似惨案，杀我许世友的头。”顿时，全场掌声雷动。父亲的誓言在胶东军民心中留下了深刻印象，也成了胶东军民对日伪斗争的动员令。

其实，多年来对“马石山十勇士”的宣传从来没有停止过。许多在日寇“扫荡”中幸免于难的同志也拿起笔，撰文写诗，在报刊上发表纪念“马石山十勇士”英雄事迹的文章。

1943年春夏之际，十三团专门开展了向“十勇士”学习活动，之后的1948年7月、1950年夏和1969年冬，三次开展向“十勇士”学习活动，学习“十勇士”生死关头舍生取义、为民牺牲的精神。

被“十勇士”第二批救出的海阳县民兵辛殿良，在“十勇士”精神的感召下，入伍到了十三团，任过七连连长，在战斗中先后16次立功，有“一英七模”之称，被授予“华东一级人民英雄”。他说：“没有‘十勇士’，就没有我辛殿良的今天！”

除军史、战史外，还有肖华、欧阳文等诸多老领导在回忆录中都将“十勇士”事迹载入史册。时任胶东军区文工团长的虞棘、十三团三营教导员李伟等，都以诗词形式颂扬“十勇士”精神。

1959 年，二十七军政治部干事慕彦夫到胶东各地进行采访，发现《1942 年冬季反“扫荡”总结》等一批资料，详细介绍了十三团七连六班“马石山十勇士”情况，通过当事人了解到“十勇士”部分人员的名单。

为缅怀抗日烈士的丰功伟绩，1972 年，乳山市政府在马石山上修建了“马石山十勇士”纪念馆。2000 年，乳山市政府又建立了“马石山反‘扫荡’突围战纪念碑”。2014 年，为丰富纪念馆陈设内容，更好地进行爱国主义教育，乳山市政府重建了“马石山十勇士”纪念馆。

有许多老同志几十年如一日，任劳任怨，为“马石山十勇士”这个英雄群体默默做着资料挖掘和研究工作。

2014 年 9 月 1 日，经党中央、国务院批准，“马石山十勇士烈士陵园”入选第一批 80 处国家级抗日纪念设施遗址名录，同时，“马石山十勇士”成为抗日战争中著名四大英雄群体之一。父亲如在天有知，不知要有多高兴。

孟良崮打败“御林军”

1947 年初，胶东军区所属部队奉命列入华东野战军的战斗序列，编为第九纵队，父亲担任九纵司令员。

5 月 10 日，华野司令部命令九纵火速回师西进，拦截国民党中路兵团孤军突出的整编第七十四师。

这个师是国民党军队的精锐主力，号称“五大金刚”之首，由美国顾问长期训练，拥有全套美式装备，担任过首都卫戍部队，被诩为蒋家王朝的“御林军”。该师师长张灵甫宣称：“有七十四师，就有国民党！”

华野司令部赋予九纵的作战任务有两个：一是堵，二是拖。堵，就是要以坚强的战斗意志，坚守住坦埠一线，不允许七十四师越过沂蒙公路；拖，就是要紧紧缠住敌人。打是要打的，不能打得太狠，不能把敌人打跑。16 日中午，敌我双方在孟良崮的争夺战，进至胶着状态。敌重兵集团在蒋介石的严令催督下，分别从东南和西北方向压过来，形势陡然变得严峻起来。如果华野各纵不能在最短时间里全歼七十四师，让敌人的三个兵团合拢过来，就会使华野四五个纵队陷入敌人精锐兵团的包围之中，并置于极为险恶的境地。

陈（毅）老总向各个纵队指挥员通报了严峻的形势。电话接通九纵，接电话的是父亲。父亲说：“仗已打成这个样子，还能让敌人跑了？！七十四师不要想从我这里跑掉。”

父亲决心这么大，陈老总非常高兴，他说：“好！现在不惜一切代价，把孟良崮拿下。你们打掉一千，我给你们补一千；你们打掉两千，我给你们补两千。谁打下孟良崮，谁就是战斗英雄！”

父亲熟悉自己的部队，相信自己部队的战斗力。这是他军事生涯中又一个独特的禀性。你没有一个整团了，他还把你当一个团用；你没有一个整师了，他偏偏要求你显示出一个整师的战斗实力。他自信，但不盲信。在战场上，他非常清醒。父亲向各师传达了陈老总的指示，并立即口述命令，采取了三项得力措施：一是各部队立即调整，加强战斗组织；二是各级抽调机关干部和勤杂人员补充战斗部队；三是将所有预备队全部投入战斗。与此同时，父亲使出了“撒手锏”——命令各级干部“靠前指挥”，身先士卒。他在电话中对几位师长说：“你们师长当团长，团长当营长，营长当连长，带头冲！牺牲了，一人送一口棺材！”决战的时刻到了，华野各纵指战员以排山倒海的气势，沿着陡坡、山脊，杀出一条条血路。16 日下午 3 时许，七十四师全军覆灭。

蒋介石闻讯后连声叹息："这是无可补偿的损失！"

孟良崮大捷，华东野战军祝捷庆功。

九纵在孟良崮战役中，作为华东野战军突击纵队之一，先担任阻击，后投入主攻，与七十四师在孟良崮血战五天五夜，为全部、干净、彻底地歼灭七十四师做出了突出的贡献。尤其是在战役双方陷入胶着状态的关键时刻，九纵不畏强敌，胆壮气豪，对于华东野战军首长正确判断战场局势、迅速定下全歼七十四师的最后决心，起到了重要的作用。

九纵的团以上干部，兴致勃勃地赶来了，一个个脸上喜气洋洋的："这次该好好表扬表扬九纵了吧？"但他们忘了一件事。

孟良崮战役之前，父亲对粟裕耍了态度、摔了话筒。据华野司令部当时在场的人讲，粟裕将军气得脸通红，没有说一句话，直瞅着手中的话筒，愣了好一会儿神。

陈老总在庆功会上讲话了："所以讲，打了胜仗，千万不要骄傲，不要'老子天下第一'，了不起！"陈老总的目光，从全场扫过，停留在九纵团以上干部集中坐的地方，

1979 年，习仲勋、粟裕与父亲在广州军区珠江宾馆合影

“有的人了不起呢！讲怪话，什么‘不要用手指头在地图上一卡一卡的’。不用手指头卡，怎么指挥部队……”陈老总突然截住话头，不再继续讲下去。在九纵团以上干部的队伍里，不见许世友。

父亲压根儿没来开会，当然，也没有请假。他知道会挨剋，因为事先有人给他透露过“情报”。

曾在父亲麾下任参谋处长的叶超将军说："香港有些刊物和国内一些书和刊物上的东西尽是道听途说，甚至胡编乱造。"我本人也有同感。"但有个情况讲的是对的。'逢攻必克'是你父亲的座右铭。他打仗不光英勇，尤其注意抓住战机，在准确判断敌情的基础上果断行动，因而取得胜利。"

战友燕青

父亲在胶东时有一匹战马，随他征战多年。此马不但英俊健壮，而且十分聪明忠诚。父亲太喜欢它了，就给它起了个《水浒传》中好汉的名字"燕青"，视它如兄弟。父亲平日里经常从自己的伙食里积攒几根黄瓜啊、胡萝卜啊，给它开小灶。

在牙山战斗中，父亲又冲到前面去了，但不幸中弹。他从马上跌落，一直滚入深深的崖沟，昏迷了许久。当时，部下们四处寻找司令员，就是找不到，大为焦急。

父亲醒来时，发现燕青就在身边，正轻轻地用鼻子拱他。这么深的崖沟哇，燕青竟然能从高处一跃而下，一直守在他身边！

此刻，燕青好像知道父亲负了伤，难以上鞍，所以，燕青屈下前肢趴在地上，让父亲慢慢骑上马鞍……

那时，缴获的战利品中，偶尔还有美国糖果。父亲每次都会抓上些塞进怀里，自己一颗都舍不得吃，全部留给他心爱的燕青，还给它定了个规矩：两天一块。而燕青就像孩子，非常喜欢吃糖，每次都咬得嘎吱嘎吱响，吃完，用鼻子拱父亲，还要！父亲笑嗔："两天一块，两天一块！今天没你的了……"但只要燕青鼻子再拱父亲几下，焦急得踩踩蹄子，父亲就会心软，再摸出一块来塞入它口里。

寒冬腊月，夜里睡觉时父亲总是担心会冻着燕青，就把自己的毯子拿去给它披上，自己只盖着一件大衣睡。

父亲去艾山汤治腿伤时，燕青必须交给其他人照料。父亲对照料燕青的人千叮咛万嘱咐，到了告别的那一刻，没想到燕青死活不肯跟照料它的人走，屡屡挣扎，非要跟着父亲！父亲无奈，只好下车，忍着腿伤牵起缰绳，送它去马厩。这一路上啊，燕青一边走一边悲鸣，眼中竟然落下大颗大颗的眼泪。父亲心里好难过啊，差点儿就不去入院治伤了！

济南战役胜利后，父亲第一件事就是赶回去看心爱的战马。

燕青远远地看见父亲，立刻昂首长嘶，大颗的眼泪又掉下来了。父亲赶紧上前，抚摸啊，说话啊，安慰了好一阵都不行。

后来，燕青在一次战斗中也负伤了，加上年岁渐大，再也无法恢复当年的神勇了。但是父亲待它不离不弃，就是不肯更换坐骑。父亲为了给燕青治伤，使出了在少林寺学的独门医术，亲自登山采药，让警卫员熬煮，自己再亲手给燕青喂药。父亲的照料，让燕青多活了很久。

燕青去世后，父亲把它安葬在一处向阳山坡上，坟前竖立一块石碑，石上镌着：战友燕青之墓。父亲摘下军帽，在燕青坟前叹立许久，不舍离去。

1952 年春天，父亲外出查看地形，再次走到那处向阳山坡。此时，满山青翠，野花盛开。

快到燕青坟前时，父亲开始有些激动了。他命令跟随的警卫们采摘些野花。据说，当时那些警卫都很诧异，不敢相信自己的耳朵。因为在他们眼里，首长从来不碰花啊、草啊，今天怎么“拈花惹草”了？后来，他们看见父亲把大捧野花供奉在一尊石碑前，才知道是祭奠战友燕青。他们尊敬地问父亲："首长，燕青同志是什么领导哇？"父亲沉声说："大将军！四蹄生风，腾云驾雾啊……"警卫们才知道这里安葬着父亲的坐骑，既惊叹，又感动。

第六章　军地一把手

2009年9月7日，庆祝新中国成立60周年全军美术作品展览在北京军事博物馆开展。我去看了展览，被一幅题为《许世友将军下连当兵》的油画所吸引。

这幅作品形象生动地再现了1958年，时任南京军区司令员的父亲，主动响应毛主席“军队干部下连当兵”的号召而下连当兵的情景。他全副武装，军容严整，头戴士兵船形帽，身穿具有鲜明时代特征的55式中士士官军衔军装，手持53式自动步枪，携背子弹袋，与所在连队的士兵并肩向右看齐……

下连当兵

回到1958年9月21日下午，南京军人俱乐部礼堂内正在举行军区党委扩大会议，会议主持人突然宣布：“毛主

油画 《许世友将军下连当兵》（作者：陈坚）

席马上要来接见会议代表。”会场立刻沸腾了。

不一会儿，毛主席在中央军委领导的陪同下，缓缓步入会场。

在热烈的掌声中，毛主席握着父亲的手说：“现在中央规定了，地方每个领导干部都要有一段时间进工厂当工人、下乡当农民的任务。你们当将军的，可不可以也下连当当兵啊？可不可以搞个决议啊？”

父亲当时就坚决果断地回答：“完全可以，我马上就向

父亲下连当兵与战士们在一起

军委打报告，我要求下连当兵！”

9月22日下午，南京军区召开常委会议，讨论落实毛主席的指示。最后研究决定，批准许世友上将、肖望东中将、龙潜少将等30位将军，首批下连当兵。当晚，被批准的几个将军举行了一次“士兵座谈会”。父亲在会上说：“几十年前我当过兵，那时官兵不分你我、不分老少，都像亲兄弟一样，生活在一起，战斗在一起，个个心情舒畅，精神愉快。正是这些优良传统和作风，培育了战士的成长，培养了我们成为军官。今天我们当了高级干部也不能忘本，在我 53 岁的今天，又第二次成为普通一兵，我很高兴有这次机会。我这次下去一定要把兵当好。”

在决定下连当兵后，父亲回到家中，脱掉他穿惯的“布草鞋”，换上战士穿的解放鞋和军装，戴上船形帽，肩背背包，在房间里走来走去。他问母亲：“你看我像不像士兵？”

母亲说：“像还是挺像，就是老了点儿。”

父亲对着镜子，自我欣赏了一会儿，对母亲说：“你说像不算数，等到了部队，战士们说像才是真的像。”

1958 年 10 月 17 日一大早，吉普车把父亲送到了浙江宁波海防前线某部六连。六连官兵听说大名鼎鼎的许世友司令员来当上等兵，又吃惊又好奇，争相传扬这件事。

父亲的车刚刚进入营区，战士们已经列队路旁，敲锣打鼓，鼓掌欢迎这批“老兵们”下连当兵。

连长高立山很紧张，他还是按照习惯，严肃地跑步来到父亲面前，立正、敬礼、报告。

父亲见他这样，连忙摆手说：“你搞错了，从现在起，我是一个兵，是你们连的上等兵，应该是我向你连长报到。”

说完，父亲抬手向高立山敬礼，正正规规报告：“连长同志，上等兵许世友前来报到，请分配工作。”

高连长吓了一跳，整得满脸通红，好半天才说：“报告首长，你被分配在二排七班。”

父亲笑了一下说：“你怎么还改不过来，向我报告什么？我不是首长，是上等兵许世友向你报告！”

事后父亲和高立山谈心：“我到连里来当兵，你有顾虑吧？”

高连长说：“没有！”父亲说：“没有是假的，我向你表个态，我这个兵很好领导，一切行动听指挥。在连里，就听党支部和连排长的话，你们叫我干什么我就干什么，绝不会给你们添麻烦。”高立山听了，感动得差点儿掉下眼泪。

父亲到了七班，又向中士班长张吉生敬礼报到：“报告班长，上等兵许世友前来报到。”

张吉生慌忙从父亲手中接过背包，替他铺床。另一个战士则递给父亲一杯开水，恭恭敬敬地说：“报告首长，请喝水。”

父亲笑着说：“我不是首长，是上等兵，你是个下士，级别比我还高一级呢。你以后要多指教我，就像师傅带徒弟那样。”

后来那些战士来我们家做客时说："你爸爸非常有特点，刚来时很少言笑，一脸威严。别说是战士，就是团长、师长也都有些怕他，何况我们这些只当过几年兵的战士，当时确实心里紧张得不得了！"

入连第一天吃饭，七班的班长和战士都争着给父亲盛饭舀汤。父亲谢绝了，再三对班长张吉生说："我在你们班当兵，你就是我的上级，就要大胆管教我，不要太客气了，要帮助我拿下官架子。一个战士要班长替他盛饭，这还了得！"

周末晚上，驻地村庄放电影，连队集合观影。临行时，班长张吉生要替父亲背步枪，父亲不肯，两个人把枪争来夺去，最后还是父亲赢了，说："你怎么能缴我的枪啊！"

父亲再次告诉这个班长："我啊，要打掉自己身上的官架子；你呀，不能培养我的官架子。"

还有一次，父亲和班里的战士一起锄草、扫垃圾，宣传部门的干部则拿着照相机在一旁给父亲拍照，并请求父亲停下来，摆个造型。父亲没停，边锄草边说："你要么和我一块干活，要么去给战士们照相去！农村社员们一天干到晚，也没见人给他们照个什么相！我才干了一点儿活

父亲下连当兵时同战士一起站岗

就要照相，像什么话？不准照！”

父亲还利用一切空隙时间和战士们谈心，谈自己的经历及家庭情况。班里的战士原来还有点儿拘束，但看到父亲那样平易近人、那样诚恳，很快消除了顾虑。开始战士们称他为“首长”“许同志”，后来称“老许同志”，最后索性直接叫“老许”了。这种变化也是因为父亲开始了战士的生活，和七班战士们同吃、同住、同训练打下的基础。他与战士们的距离越来越近。从战士们对他的这种逐渐变化上以及与战士们之间关系的改变上，父亲知道自己已经回归成完全意义上的标准士兵了，脸上也有了笑意。

战士们几乎都知道父亲在少林寺的那段经历，都知道他会武功，这非常吸引他们，经常请求父亲：“老许啊，来一段功夫！”

因此，吃饭前，父亲经常拎起板凳来演示几下，只见他左挡右砸，进退如风，总是引起战士们一大片叫好声。训练休息时，又有战士要求他表演武术。父亲站起身来，依礼双拳一抱，继之虎虎生风地打出几套拳法，战士们看得非常入迷。

很快，全连战士都成了父亲的“徒弟”。少林寺的传统功夫“板凳功”被父亲改成了“板凳操”，教给战士们

父亲为战士们表演少林功夫

练。一来二去，任何一个战士提起板凳都能来几下功夫，害得司务长直埋怨："食堂里的板凳老是缺胳膊断腿的，我修补不过来啊！"

连里组织劳动，上午，父亲去山边参加积肥。山很陡，大家都不让父亲挑担子，可父亲一把抢过担子说："上山挑担子我有经验。年轻时我挑担子走几十里路，还翻几座山哪。”说着，父亲让战士往他的筐里加满草和土，然后挑起担子走下陡峭的山坡，腰不弯，身不晃，扁担在肩上吱吱嘎嘎响。

一起来下连当兵的领导干部望着父亲的背影说：“许司令已经53岁了，身上留存战争年代的多处弹伤，你们不能再让他挑这么重的担子了！”

但是那天，父亲一直坚持挑了三担，才被别人夺走了担子。

下午修水库，战士们故意早早地把扁担抢光了，不给父亲留下。

父亲竟然就用两只手直接提着两筐土，快步直奔大堤。当时在场的那些战士看了大惊，继之感动、赞叹不已。

当时连队正在大练兵，为军区即将举行的渡海登岛演习做准备，要下海练泅渡。10月的天气，海水冰凉，战士们都担心父亲下海会冻出病来，又知道劝不住他。班长想出个办法，就对父亲说：“老许同志，你不要下海，站在岸边当观察员吧。”

但父亲坚决要求参加，他对班长张吉生说：“我眼神不如年轻人，班长还是派个小伙子担任观察员吧，我下海！”

说完，父亲便和战士们一起冲入大海练了起来。上岸后，他还说："战争中什么情况都会发生，万一我乘坐的指挥舰被打沉了，不泅水怎么办？"

10 月 27 日，连队进行攀登绝壁训练。攀岩的难度较大，搞不好会出危险，父亲知道别人会说他年纪大，阻挡他，趁大家不注意的时候，疾步上前，抓住绳子就往上攀。战士们紧跟上去。正当父亲攀登上半山凹处时，攀绳被后继战士拉紧，父亲手滑脱脚，身子悬空了，站在地面上观看的保卫部长赵一德吓得顿时面色苍白。就在这千钧一发之际，只见父亲身子一斜，一手抓住了绳子，一脚蹬住了岩石，往上一蹿，另一只手又抓住攀绳，化险为夷，继续攀登，最终顺利登顶。在地面观看的干部战士都很惊叹，都说这要归功于父亲在少林寺打下的功夫底子……

晚上的班务会上，班长张吉生批评了父亲，说他 50 多岁了，不该攀登绝壁。父亲说："我接受班长的批评。但是要说明一点，你的批评是正确的，我锻炼一下也是需要的。"班长说："老许同志年纪大了，应该多注意休息。"父亲笑答："许世友同志下连当兵，就是要和大家同吃、同住、同操练，不应该有任何特殊！"

父亲的平易近人换来了战士们的真心爱戴。一次，连队在海边山头上测试速爆杆的威力，战士们坐在离爆点只有20多米的山芋地里。在即将爆破的一刹那，小战士孙承仕突然一下子坐到了父亲的对面，用自己的身体挡着父亲，原来他是怕石头崩到父亲身上。父亲让他坐到后面来，小孙死活不肯。父亲心里很感动，他回来后多次在开会时提到："一名干部只有真诚地去对待战士，战士才会真心地对待你，甚至会不惜一切保护你。"

快年底时，连里开"五好战士"评比会。评到父亲时，全体干部战士要把他评为"五好战士"。

父亲起身说："我一好、两好也许有，五好肯定当不起！你们要多给我提些缺点，将来我要带回军区，还要向军委汇报。"

此话一出，大家都争先恐后地发言。

高个子机枪手邵世好说："老许第一好就是像个兵样，没有丝毫将军架子，干劲儿比我们年轻人还大。"

孙承仕说："老许比我们普通战士还普通，还挺会体贴人的……"

最后，全体一致通过，还是评父亲为"五好战士"，父亲自己反对根本没用。

转眼间，父亲与战士们在一起生活、学习、劳动、训练数月了。在下连的这些日子里，父亲了解了战士们的生活、训练和思想状况，与七班的战士建立了深厚的感情……终于到必须离开连队、返回军区工作岗位的时候了，他和战士们都有强烈不舍之情。告别营区那天，好多战士都流下了眼泪。

父亲回到南京后，首先给他的七班全体战友写了一封信，谈了自己在连队当兵几个月的感受，并称自己“永远是七班的战士”。

再后来，几乎所有的七班战士都来我们家里做过客。父亲无论工作多忙，总会抽出一些时间赶回来，和这些战友们谈谈心，唠会儿嗑，并招待他们在家中进餐。

不光是战士来做客，记得还有个七班战士家乡的老伯，是个只有一只手的残疾人，竟然也找到家里要见父亲。

开始警卫人员不了解情况，不放他进院子。老伯请求警卫反映给母亲，母亲知道了，马上请他进会客室来谈谈情况。原来，那时正是国家三年困难时期，需要地区政府采取有力措施和老百姓一起度过这段苦难时期。老伯在家乡反映政府部门的一些情况，却无人理睬，所以，他就来找父亲了。

父亲当时正在北京开会，母亲便按照父亲的交代，安排老伯在部队招待所住下。临走时，还把家里仅有的200

元钱都给了这位老伯。老伯拿到钱后当时就跪下了……

父亲回来后，了解了详细情况后，立即让秘书打电话给安徽省政府并转去老伯的信。后来听说，县里很快就派人下去解决问题了。

4个月之后，这位老伯又带着他的四姑娘专程来南京道谢，还带了一些土特产。父亲抽空见了他，告诉他："回去好好做一做父老乡亲们的工作，让大家都把国家利益放在第一位，共同努力度过这个困难时期。这些土特产也请你带回去，送给那些最困难的人吧。"

这件事给我留下难忘的记忆，对我后面的人生道路产生了很大的影响。他以国家利益、人民利益为重，为官一任，造福一方，把国家的利益、危险和损失看得高于个人的一切，抱着为人民谋利益的思想去工作。父亲认为这一点对任何人的一生都是最主要的。

"一桥飞架南北"

新中国成立后经过多年自力更生、艰苦奋斗，发展起来的巨大生产力遭到"文革"的严重破坏。特别是在最混乱的全面夺权阶段，国家损失最为惨重。与此同时，即使社会生产秩序几乎完全被打乱了，仍然有很多杰出的科学工作者、工程技术人员和工人们，保持着以国家利益为重的思想传统，明里暗里抵制那些破坏生产的逆流。广大农民在极其艰难的条件下仍然辛勤耕耘，给全国人民提供粮食和农副产品。许多干部置个人利益与生死于不顾，只要还没被罢官夺权，即使被造反派游过街、挨过斗、画过鬼脸，之后他们高帽子一摘，仍然走上工作岗位，全力以赴地工作，尽最大努力维护社会秩序的正常运行。

正因为有这些中国脊梁的存在，在生产率连续下降、几乎接近崩溃边缘的那些年，国家仍有些重大科研与建设项目冲破重重阻力和干扰，取得了杰出的成果。

1967 年 6 月 17 日，我国第一颗氢弹试爆成功；1968 年 10 月 30 日，我国自行设计和施工的南京长江大桥建成通车。

当时，父亲的工作条件比那些正在挨整的领导干部要好得多。以父亲做人的原则与个性来讲，他在任何处境下，都不会放过为国为民建功立业的机会。

父亲就任江苏省革委会主任，决心恢复建桥，即南京长江大桥。

可是，相关问题成堆，百废待兴，怎样干才能尽快启动、早见成效?

长江大桥于1958年勘定，1960年动工。起建之初，中苏关系破裂，又赶上三年困难时期，工程设计和材料供应不断遭遇困难。“文革”以来，不同观点的群众造反组织忙着打派仗，许多年轻工人不上班，老工人干着急。“支左”的解放军也无能为力，干干停停，直到1968年还只是几个没完工的桥墩竖在江流中。

不干则已，干就要干得最好。渗透在军人风骨中的这种个性特点，自始至终贯穿于父亲领导建桥的整个过程中。

原定铁路桥1968年底建成通车，公路桥1969年7月1日通车。父亲说不行，太慢了，要指挥部重新讨论工程进度和竣工时限。经过折中，确定1968年9月底完成铁路桥，年底完成公路桥。

“要人给人，要钱给钱，要机械给机械。”父亲言出必行，老工人都说他抓落实快如闪电。军区工程兵副主任柴书林当时任上海铁路军管会主任，父亲点名把他要过来，委以建桥工程总指挥的重任，直接率领工程兵二团和建桥工人、工程技术人员并肩战斗。

施工紧张的日子里，父亲几乎天天泡在工地上，既当指挥员，也当战斗员，以使自己的“发言权”更加切合实际。国庆节前5个多月，总工程师王超柱反映，抢在梅雨季节之前完成第一期工程，人力仍显不足。父亲当场拍板：调威名远扬的英雄部队“临汾旅”加入建桥。父亲还亲自做两派群众的工作，要求人人顾全大局，团结起来，共同努力。要拿出战争年代打硬仗的那股劲头，如期完成大桥的建设任务。

与此同时，来自全国各地的技术力量和设备物资，给予大桥建设以源源不断的支持和援助。在那个特殊的年代里，这种现象是非常罕见的。

宏图在前，领导有力，群众的创业热情越来越高涨。建桥工人和援建官兵冒着凌晨的寒风，早早地开始一天的奋战。南京市的广大群众以很高的自觉性积极参加义务劳动，有的知识青年下乡离家前，还赶来干一阵才走。

拔江而起的桥面上，打桩的轰鸣声、载重车的喇叭声、指挥起重机的哨子声，汇成了一部大气磅礴的交响乐章。天黑了，探照灯一盏挨着一盏，亮如白昼的工地上车来人往、热火朝天，从远处看，宛如一条金鳞闪闪的火龙凌空欲起。在20世纪60年代末乱云翻涌的中国大地上，这真的是一道难得一见的亮丽风景线。

每天三班倒，不分昼夜往前抢，终于在1968年9月

30日建成了铁路桥。父亲高兴了，设家宴慰劳总指挥柴书林和总工程师王超柱等有功之臣，把他们大大表扬一番。

公路桥定在1969年元旦通车，没有条件可讲，真是到了争分夺秒的地步。修建桥头堡，工程艰巨，原计划至少得用两个月时间，实际上仅用了18天就统统搞定，提前两个月完成了4.7万立方米的土石方任务。正当举国欢呼大西北上空又一次升起蘑菇云的时候，大桥公路也建成了。这在当时可是个振奋人心的好消息。

1968年12月29日上午，南京市5万多军民欢聚江边桥头，隆重举行大桥通车典礼和庆祝大会。那天，飘着毛毛细雨，父亲坐在主席台正中，警卫给他撑伞，他回手推开，给他披雨衣，他也放在一边。其他领导见了，也不好意思用雨具。尽管淋湿了衣服，但因心情振奋，也不感觉有多少寒意。中央新闻纪录电影制片厂拍摄了新闻纪录片，在全国放映，其中有父亲为通车剪彩的镜头，给观众的印象很深。

“一桥飞架南北，天堑变通途。”毛主席当时的这句诗，激励了无数中国人啊！

“你们也是核潜艇之父”

1970 年 8 月，南京长江大桥被开发出一个出人意料的附加值——为我国潜射导弹模拟试验做出了贡献。

潜艇在几十米深的水下发射导弹，一个难点是射弹时如何确保潜艇的绝对安全。美国第一代潜射模型导弹射出水面时没有点着火，落下来把潜艇砸扁了，造成艇毁人亡的恶性事故。之后他们改在水陆交界的地方进行试验。先用巨型吊塔把模型导弹系住，在水下弹射后，钢丝绳便把它吊起来。

借鉴美国人的经验教训，我国潜射导弹的总设计师黄伟禄等科学家四处寻找合适的试验地点。太湖、青海湖和云南的抚仙湖等，他们都先后勘察过，但水下施工难度高，耗资特别巨大。怎么办？黄伟禄突发妙想：利用南京长江大桥。钱学森一听，拍案叫绝：“好！我原先就怀疑美国人的办法不适合我国国情，人家是大富翁啊。”

南京长江大桥刚建成时，父亲就想测试一下它的坚固程度能否经得住战争的考验。经总部批准，9 月 26 日 8 时，父亲调动了 80 辆国产轻型坦克和 60 多辆重型汽车，一路行军纵队，轰鸣着通过大桥。

父亲的主意：用坦克检验南京长江大桥的工程质量

父亲看着坦克履带在水泥路面上压出的一道道白痕，笑着说“行”，从南桥头堡登上吉普车，随坦克车队进入市区。身为有经验、有远见的高级将领，他才不会只顾民用，不想军用。所以，黄总的方案一提出来，省里向父亲汇报，他一听就说：“是个好事。”他非常赞同。试验的日子定下来了，他下令大桥宵禁三日，并亲自陪同专家们上桥勘查现场。

一切安排妥当，模型导弹被桥下的大吊车高高吊起。黄伟禄穿着背心短裤，站在桥上指挥。一声令下，模型导弹以雷霆万钧之势坠落江流，溅起的水柱比桥面还高，水花溅了黄总一身。多次试验，一个结果：落弹不会砸着潜艇。

若干年后，美国“核潜艇之父”里科弗来华访问，当他得知我国的潜射模拟试验是凭借南京长江大桥获得成功的，连声称赞：“这是了不起的创举，你们也是核潜艇之父啊！”

在那个年代，南京长江大桥凌空飞架，远眺大江东去，环顾美景宜人，成为一个观光景点。不论本地居民还是外埠过客、中央领导还是各国来宾，差不多都得“到此一游”，照张相留个纪念。

特别令大家难忘的是周恩来总理陪同罗马尼亚领导人参观南京长江大桥。解说员除了讲“自行设计，自行建造”，还说：全部用的是国产材料。周总理听了马上纠正：“你们向客人介绍，话不能讲得太满。南京长江大桥是在武汉大桥的基础上建的，武汉大桥是苏联专家帮助设计的，南京长江大桥也吸取了武汉大桥的经验嘛。材料可以讲基本上是国产的。你们看，钢轨上还有俄文字母，建武汉大桥剩下的材料不是都支援南京长江大桥了嘛！”

实事求是、明明白白的几句话，尽显泱泱大国总理的胸怀、眼光与风度！

父亲转身对负责外事的领导说：“你们要注意这个事。”

周总理在南京时，所住宾馆的经理原籍淮安，和周总理是同乡。为周总理安排饭时，特意多做了几道家乡菜。周总理说：“既然是老乡，更应该执行规定，我谢谢你的关心，但不能违反规定，四菜一汤足够了。”

之后不久父亲进京开会，周总理的警卫参谋到京西宾馆找李文卿，要补交总理在南京的伙食费。李文卿说：“就几顿饭，算了吧。”警卫参谋连声说：“不行不行。”他告诉李文卿，宾馆不肯收伙食费，总理把他批评得够呛，事后知道也不含糊，一定要补交，叫他把钱和粮票寄到南京，他赶紧照办。可宾馆以结了账为由又给寄回来了，如果总理知道了，他又要挨批评。说着交给李文卿一元六角钱和一斤二两粮票，嘱托李文卿无论如何也要替他办妥。

挖煤的故事

自1959年以来，毛主席先后四次讲到“北煤南运”问题，提出：“南方能否自给啊？不要迷信南方无煤、北方才有。要大力开发江南煤田，扭转北煤南运局面嘛。”“江南这么大，怎么会没有煤层呢？莫非天道不公？要是不公就不叫天道了”……当时，省里把毛主席的讲话整理出来给父亲看，父亲就决定带领江苏儿女彻底扭转“北煤南运”的被动局面，为国家、为人民做出新贡献。

江苏是工业大省，也是能源消耗大省，各行各业都需要用煤，老百姓日常生活也少不了燃煤。北方的产煤因“文革”造成的铁路运输混乱，常常不能按时到位，本省徐州煤矿产的煤又归国家统一调配，不得自产自用。全省各地经常闹煤荒，工厂企业经常断电、停工。工业、农业齿轮转不动，生产线开不动，市民过冬冻得直打哆嗦。四面八方一边喊“缺煤啊，缺煤啊”，一边又在喊“革命啊，造反啊”。那些日子，真正把父亲逼得火急火燎。

情况很明显，“北煤南运”靠不住了，江苏一定要自力更生。

父亲视察全省各地，返回南京后立即着手成立江苏省煤矿建设指挥部，委任柴书林为总指挥，“临汾旅”团长傅希峰为副总指挥。父亲明白：探煤要靠人，用人一定要知人善用，用能人！

第一步，查清苏南煤炭储量。父亲带着煤矿建设指挥部的干部，跋山涉水，奔波于苏南的新旧矿井之间，现场勘探，实地调查，一面进行综合统计，一面征求各方面的意见和建议。他把工程兵钻井队和省地质局、煤炭局、化工局等系统的钻机调到煤矿建设指挥部，又向当时的国家燃料化学工业部申请，调内蒙古的147钻井队来江苏参加会战。一时间，江苏省大江南北集中开动了500型以上的钻机70多台。经过艰苦的工作，探明苏南煤炭储量1000万吨以上的矿井有6处，500万~1000万吨的矿井有7处。

但是，苏南煤田自然储存条件差，地质结构复杂，煤层断层多，大幅度斜角多，煤质变化多，瓦斯和地下水也多。

面对诸多不利条件，父亲决心不变。

下一步，开进工兵团，同时从地方招收一批青年工人，从部队和机关抽调一部分干部，组成挖煤大军。东起苏州西山，西至南京湖山，摆开了煤炭大会战的战场。

为了打好这一仗，父亲非常重视思想动员。

无锡市革委会组织创作人员写出了歌颂煤矿工人的锡剧《煤海战歌》，他听说后，即调剧团来南京演出，请军地双方领导和机关干部一起审看。演出效果不错，父亲更高兴了，要求剧团认真听取各方面的意见，进一步加工修改，改好了，先去上海慰问工人老大哥，再到各地区下煤矿演出。他说:"毛主席领导共产党人闹革命，靠造舆论，我们也要造舆论。"

周总理很关心苏南煤炭大会战，1970 年元月 4 日，亲自打电话了解出煤情况，并详细询问了存在的问题和困难。父亲一一做了汇报，要求增加机械力量。周总理答应先给两套挖煤设备。"文革"期间，全国煤炭生产受阻，运输也不顺畅，产运销环节无法配套成龙，供求矛盾非常突出。周总理寄希望于苏南煤炭能够部分自给，也多少减轻一些全国缺煤的压力。

那段时间父亲几乎天天跑煤矿，看看进度如何，问问有什么困难，发现问题，现场解决；奖功罚过，立即生效。

如果有的干部自己不干，光在一旁指手画脚，要让父亲碰上，非挨批评不可。父亲还要他的保卫干事带着警卫班，配上一个工兵班，在九华山煤矿加入挖煤。一来是让他们体验一下煤矿工人的苦和累，二来是让他们也为江苏人民做一点儿贡献。有一次警卫班正在睡午觉，正赶上父亲来视察，这下他们倒霉了。父亲把保卫干事喊到跟前，狠批了一顿。因为其他工人干劲很足，一个个干得满身大汗，没有人午休。父亲又增派一位秘书督阵，不干足一个月不准撤回。毛主席不信江南无煤，父亲发展一步，认为苏南这里既然有煤，其他地方就不会没有煤。

几个煤矿相继出煤，柴总指挥带领有关人员来向父亲报告，送来一块油黑光亮的大煤块。父亲拿起来掂了掂，足有四五十斤重，高兴得连声说好，立即召摄影干事来拍照，还把柴总指挥大大表扬了一番。

不用说，这块煤是专门挑出来给父亲看的。苏南各地出煤燃烧值参差不齐，父亲明明知道，也一定要挖下去。尽管煤的热值不高，但只要有煤就能缓解江南工业城市的用煤之急，哪怕部分缓解也好。

煤，能烧的煤，能给老百姓送暖供热的煤，能使机器运转的煤，无时不让父亲牵肠挂肚。那时家里、会议室的长桌上都摆着煤块，几乎每天都有人来开会或汇报有关挖煤的情况。但这场轰轰烈烈的挖煤会战，随着父亲调离南京军区而草草收兵。

现在无论人们如何评说，当初父亲的动机是想解决老百姓的供暖问题和多少减轻一些国家缺煤的压力。就煤论煤，起码有两点可取：一是扩大了徐州煤田的煤炭储量；二是终于摸清了苏南煤田的地质资源状况。第二点应该说更重要。至今在苏南山区的九华山、石佛寺、宝华山、象山等处，依然可见废弃的矿址和当年挖下的沟沟坑坑。

我曾旧地重游，当年也曾跟随父亲到过不少矿山和挖煤的地方，心里非常感慨。以现在的科学精神和技术水平，再加上老一辈从战争年代沿袭下来的强烈的责任感、进取心和拼劲儿，还有被劫难逼出来的忧国忧民的忧患意识，中华民族复兴的宏伟目标何愁不能早日实现！

为了解决“北煤南运”和给老百姓送暖供热的问题，父亲无时不牵肠挂肚。他工作再忙，也总隔三岔五地抽空到江南各个煤田。而且不管到哪个矿都是直奔井口，从不事先打招呼，煤矿领导都是得知父亲来到的消息后，赶紧跑步到现场来见父亲的。父亲也不在矿上的办公室里办公，他就在工地上、矿井旁、车间中，和干部群众商量解决许多棘手的问题。

父亲出行，历来是轻装简从，总是坐着“嘎斯69”小型吉普车。开发江南煤田的那几年，他跑遍了江苏、安徽、浙江数省每一个矿井口。他身着普通的草绿色旧军装，穿着那双用布条编织的“草鞋”，无论登山、穿林、涉水，动作都很敏捷。

最初，矿工们见到父亲还有点儿紧张和畏惧，因为大家从没见过这么大的官到自己这些普通人中间。随着父亲和他们接触越来越多，他们忽然发现：原来越大的官越好接近，越大的官待人越是亲切，从来不会像直接领导那样声严色厉！渐渐地，矿工们看见父亲，隔老远就哈哈笑道：“许司令又来啦！”他们都喜欢无拘无束地挤到父亲身边，或是听父亲天南海北地讲战争故事，或是对父亲说出自己的心里话。父亲也总是笑眯眯地倾听那些矿工们的牢骚怪话，但从不指责矿工们的言语方式和态度。因为，父亲总是能够从矿工们的牢骚怪话中听出平时听不到的事，听出很值得思考、很有价值的问题，听出管理者的毛病，甚至听出如何才能发展被压抑着的、潜在的生产力！

父亲对基层矿工们相当和蔼可亲，但对各级干部却要求很严格，从来都是严肃地要求干部以身作则。父亲乘坐的那辆嘎斯吉普车每次奔向煤矿，来去从无规律，或是周末休息日，或是雷雨交加天，或是大雪封冻时……父亲发现，往往在这种时候，他最能发现平时发现不了的问题。

两年多时间，勘探兵力增至 4500 人，开动钻机 70 多台，在“深挖细找”的口号指引下，有的钻机几乎就是日夜兼程、锲而不舍地向地层深处进军。比如石佛庵地区使用石油钻机，钻到 1800 米深处才见到煤炭，获得 2.05 亿吨地质储量。数年之内，关于煤炭产业，父亲几乎成了半个工程师兼半个地质专家，说起来头头是道，把苏南每块煤田的地质资源状况基本都摸清楚了。

父亲把开发江南煤田的舆论，造到了南京市中心的新街口广场，在那里破天荒地竖起了一块“一定要把煤搞上去”的巨幅广告宣传画。《南京日报》也积极响应号召，与此同时，父亲组织刊登了一批反映煤矿生活的诗文。省里还组织亚明、魏子熙等著名的画家深入苏南煤矿，他们也配合开发江南煤田，创作了一批巨幅山水画。省煤矿建设指挥部还组织各矿创作人员，写作并出版了报告文学集《苏南煤田战歌》。

为了培养人才，父亲在地方上除了担任江苏省革委会主任，同时还兼任矿校的名誉校长，和矿校也结下了不解之缘。那时矿校的学生全都留在江南煤矿成为开发煤矿的主力。

1969 年，在南京市郊的西岗很快就建设了一座年产煤 15 万吨的钟山煤矿，这个煤矿的施工队伍就是从部队调来的。6483 部队有着优良的革命传统，最能啃硬骨头，是有名的善打硬仗的工兵连。

三个工兵连轮流作业，硬是在岩石里打出了 100 米的斜井。钟山岩层复杂，地下涌水量大，战士们发扬战斗精神。工地上水泵出了故障，战士们不下工地，就站在水里打风钻扒渣，有的还主动让出雨衣雨裤雨靴给工人师傅，自己却泡在水里战斗。掌子面积水太深了，水泵一时抽不完，工兵连战士们就用铁桶人工舀水，水满了就倒入矿车机斗，再往井上提升。

得知钟山煤矿开挖遇水而阻的消息，父亲心急如焚，亲自点将，把有“水龙王”之称的黑龙江老技师刘同和，派往矿井上阵治水。“水龙王”刘同和接到命令二话没说，急速坐着接他的车赶到钟山煤矿治水。

刘同和技师带着父亲的重托，到达钟山煤矿后，一分钟也没休息就忙着下井去排除水泵故障，精神抖擞地连轴转，一心一意地争时间、抢速度，一连干了几个通宵，终于制服了地下涌水。在水泵出了故障的这个月，排除了水泵故障后的钟山煤矿，居然创造了斜井岩巷全国掘进的新纪录。

刘同和师傅在开发建设钟山煤矿中立了功，父亲非常高兴，也把刘师傅的名字和事迹深深地记在脑海中。后来刘同和师傅生病了，住进汤山煤矿职工医院，父亲听说后，当天就赶到医院探视刘同和师傅。父亲到了医院直奔刘师傅病房，医院领导得知后赶到，病房外已围了一大群人在观望、议论。父亲进病房和刘师傅一见面，刘师傅就感动地握住父亲的手好久好久……父亲向刘同和师傅表示深切的关怀，让他好好治病，还向院领导交代，要拿好的方案来给刘师傅治疗，让他早日恢复健康。

有一次当灵山煤矿1号井掘进到六七米时，正好父亲来煤矿视察的嘎斯吉普车也开到了煤矿的井口旁，见到工人们用筐抬和篓背的办法在往外运渣石，因为斜井是有坡度的，工人们爬坡上来都累得直喘气。父亲看到矿工后，随即就喊司机停车，下车走到井口问候大家："同志们，累不累？"工人看到父亲来了，精神饱满，异口同声地回答："报告司令员，我们不累！"看到工人们斗志昂扬、干劲冲天，父亲很高兴，心情也很好，咧着嘴笑眯眯地安抚大家："同志们，辛苦了！"

听说父亲来到工地的井口，灵山煤矿的领导（一个现役军人营长）立即赶到了司令员的身旁。此时的父亲看到这位营长来了，转过身脸色由晴转阴，对他说："你下去背一趟我看看。"

父亲就站在井口，等这位营长满头大汗、喘着粗气背着渣石走上井口时，他质问这位营长领导：现在是什么年代啦？还搞得像旧社会煤矿工人似的！我今天中午就不走啦，午饭后我再来看！父亲说完话，不等这位还没缓过劲来的营长回话，已经驱车离开了井口。

背过这筐渣石后的营长累得气喘吁吁、汗流浃背，确实体会到背一筐渣石的劳动强度很大，再加上受到父亲的批评，营长决心立即设法改善劳动条件，并和其他同志商量了解决办法。他们立即在现场组织，在井口安装了一台小型卷扬机，并铺好钢轨。

午饭后，父亲还惦记着这件事，又喊司机把车开到井口，看到矿工们已无须再用人力背煤出矿井，矿工的生产环境已有根本性的变化，矿工的劳动强度得到了改善，脸上露出了满意的笑容，并说："好，好！可不能只在一时，而要持之以恒！三天后我再来。"

宝华煤矿是在宝华山四方亭开采的露天煤矿，也是江苏省海拔最高的煤矿。在沉寂千年的宝华山上开采的露天煤矿打眼放炮、修路运煤，场面很是壮观。每天，在军代表的带领下，年轻的矿工组成连排建制，登上宝华山挖煤。在这里，转业干部和矿工们一样，斗志昂扬、精神饱满地掌钎、抡锤、抬筐、运煤。这些用炸药炸出的煤块，分散在山上，大家就用箩筐抬着，将煤集中起来，然后由解放军战士开着推土机，将小堆小堆的煤块聚在一起，再用卡车运走。

65 岁的父亲，事先也没有和任何人说，又一次坐着嘎斯吉普车来到宝华山，脚穿一双布筋“草鞋”，见到煤矿职工正在抬煤，一句话不说，下了车大步加入到劳动者的队伍中。父亲找到一位个头和自己差不多高的矿校学生，就和他结成对子一道抬煤筐，并再三要求负责装煤的职工往筐里多装点儿。

见一筐煤装得满满的之后，父亲半蹲下，抬起这筐煤就走。他在抬煤时总是将杠绳尽量挪到靠近自己肩这头，煤的大半部分重量全都落在他的肩上了。在场的所有职工，看着父亲一趟又一趟，以一个普通劳动者的身份和大家一起劳动，忍不住发出一阵阵感叹声，干活的劲头更大了，谁也不好意思在父亲面前少出力、少干活。劳动结束休息之际和大家闲聊时，父亲询问煤矿食堂职工们的伙食，问问大家对生活还有哪些要求。临别时，父亲和全体在场的职工们合影留念，鼓舞大家的工作干劲。

有一次，一位家住苏北的复员军人，见到父亲来到矿井次数多了，和职工们聊天也无所顾忌，看见大家都围着父亲说话，他也挤上前来，向父亲发牢骚：“我不是当地人，我在煤矿工作，一点儿也照顾不到家，我不想在这儿工作，我希望调走也不行……”父亲听完他的话后，当时没表态，后找到矿领导转达了这位职工的思想情绪，并对矿领导提出：“我们干工作不能强迫，愿意干的留下来，不愿意干的可以开会欢送……”

又有一次，父亲来到宝华煤矿的九连井口，见到一个熟悉的部队干部邹本文，于是开玩笑地喊出他的外号“邹大炮”，并笑着说：“怎么样，邹大炮，我们来摔一跤？”邹本文一见是自己的司令员来了，连声说道：“我怎么摔得过你？甘拜下风，我认输、认输。”短短的几句俏皮话对答，把周围的职工见到领导的紧张心情全放松下来了，大家被逗得前仰后合。

还有一次，父亲带领南京军区工程兵司令胡大勇等领导，来到南京金丝岗的官塘煤矿象山工区视察。这时矿井下刚刚放完炮，淡黄色的缕缕烟雾正从斜井口向四周飘散，父亲不等烟雾散尽，马不停蹄地就要到斜井底察看采煤情况。矿上干部领导赶紧跑上前劝阻，不让父亲下井，父亲笑着说：“小同志，朝鲜战争中那么多飞机大炮也没把我怎么样，这点儿算不了什么。”见父亲执意要下井，保卫干事只好让步，找了顶安全帽给父亲戴上，父亲就在迷雾中这么穿过硝烟，疾步下井，一直走到采煤工作面。父亲凭借微弱的矿灯光线，见到矿工们一个个汗流浃背，关爱之心油然而生。父亲对大家大声慰问道：“同志们，辛苦啦！”看到司令员亲自到井下看望自己，井下作业的矿工们一时激动得讲不出话来，愣了一会儿大家才醒悟过来，全体鼓掌以表达对父亲到来的感谢！

1969年7月下旬的一天上午，煤矿的新工人集中在灵山营房自由活动，父亲那辆嘎斯吉普车开到操场边上停了下来。年轻的矿工们非常好奇，这时有人认出了父亲的车，就对其他职工喊：“快看，许司令的车来了！”看到有人上前，其他职工也跟着蜂拥而上，有的工人带头喊：“许司令，我们要见你！”大家异口同声，一声声地欢呼起来：“许司令，我们要见你！”大家把父亲的车团团围住，父亲见状赶忙走下车来，面向年轻的矿工们微笑着说：“好，给你们看个够！”

有调皮胆大的年轻矿工围着车子看得不过瘾，还把头伸进车内看，然后大声地回过头喊道：“哎呀，这还有双管猎枪呢。”父亲慈爱地笑着回答：“好好看看，别碰走火了。”

大家无拘无束地和父亲在一起，随意聊了好一会儿，父亲笑眯眯地对大家说：“看够了我可要走了……”这些好奇的年轻职工，没人指挥就自动分开两边站列，让开中间的一条路，全体矿工面对父亲行着注目礼，夹道欢送父亲的车子。

有一回，父亲在中午最热的时候，坐着没有空调的吉普车，忍受着车内的高温来到钟山煤矿。烈日晴空，炎夏的太阳把柏油马路的路面都烤软了，地面温度有五六十度。没想到才进山口，就看到一位矿工从掩体里迅速跑出来，急速地往车的方向奔来，右手不断地挥舞着小红旗，边跑边大声急促地喊叫，但车上的人根本听不见他在喊些什么。

父亲看到这个情况后，马上就明白了前方可能是要放炮炸山，立即提醒司机有情况，赶快应对。驾驶员非常敏捷地刹车，在急刹车后随即就向后倒车。煤矿一般是打好眼，装好炸药后等到快下班时才点炮炸石。当挥舞小红旗的矿工气喘吁吁地飞跑到吉普车前时，父亲伸出头询问道："是放炮？"回答说："是……"父亲轻声埋怨责怪地说道："应该布个哨嘛。"话才说完，就是一声巨响，原来炸山的炮这时已炸起来了，只见那炸飞的无数大小石头像天女散花般从天而降。开山放炮的工人看到差点儿误伤到眼前的这位大领导，脸都吓白了。

原来那天是正午时分，职工们都下班了，三名工人在路边准备点炮。按操作规程，点炮炸山必须在公路的进出口两端都安排人守着，设安全哨。而点炮工抱着侥幸心理，想：都快12点了，这么个大热天，绝对不会有人再到马路上来。于是就忽视了安全生产，没留下布哨人员。没想到父亲竟冒着炎炎烈日在中午时分来到钟山煤矿。

看到差点儿酿成一场车毁人亡的大事故，当事职工吓得不轻，心中忐忑不安，怕受到父亲的严厉斥责，更怕受到矿里的处分。他也没想到，受到炮声惊吓的父亲根本没把这放炮当回事，只是轻轻地对他说了句："应该布个哨嘛。"事情就这样结束了，父亲根本没对矿领导提起此事，当事人并没有受到任何训责和处罚，内心十分感动，从此以后再也没有违规操作过。

又有一次，父亲专程去句容山区的一个小煤矿检查工作。和往常一样，许司令一到，所有人都显得既兴奋又紧张，甚至有些战战兢兢。

偏有几个青年工人相互打赌，说：你们谁敢把许司令的军帽摘下来，我就请谁吃饭！其中有个胆大的小青年，竟然走到父亲面前，笑嘻嘻地说：许司令，你的军帽真帅，能不能借我戴一下？

不等父亲说话，那小青年就伸手摘下了父亲的军帽，戴在了自己的头上。煤矿领导大惊失色：这家伙是疯了还是想找死？！

当时，熟知父亲脾气的人都捏了一把汗，两个警卫人员立即冲上去扭住了那个小青年。

不料，父亲却呵呵地笑了，摆手让警卫人员放开那名青年，对他说：“喜欢军帽好嘛，我送你了！但我有个要求，要求你们深挖煤、多产煤，为国立功。你们哪，应该个个是不穿军装的煤海尖兵，光要个军帽怎么够哇？回头我给你们每人发套军装，算是国家对你们的奖励。”当时在场的人，尤其那个年轻人，感动得半天都说不出话来，这件事让周围的人觉得父亲更可敬了。

今天回想起来，后人不一定能理解父亲当年挖煤的苦心，但我知道他是本着“为官一任，造福一方”的原动力，为扭转“北煤南运”，为老百姓解决实际问题，尽自己最大的努力。

要吃饱，乞讨不能成习惯

父亲重返南京的消息很快传开了。父亲在北京期间，住在中南海，受到毛主席给予的殊荣与关怀，这些事仿佛在江苏政军各界早就家喻户晓了。所以，父亲回到南京后，无论走到哪里，都有人夹道欢迎。每到一个地方，市民们为了看他一眼，经常挤得连公共汽车都开不动了。这其中，尤以各处军营和工厂对父亲的欢迎最为热烈！

实际上，社会上“倒许”的人倒了半天，“保许”的人也保了半天，但他们中很多人连许世友长什么样子也没见过，所以都想亲眼看一看。一看，是脚下穿着一双“布草鞋”的矮胖老头。父亲身高 1.66 米，几乎是一辈子身着军装，无论冬夏春秋，脚下大多是用布条编的“草鞋”！父亲不管在家里，还是在大会堂、工厂、农村和部队，他脚下基本上都是那双鞋，那双鞋成为他的特殊标志。

每当人潮推拥、万头攒动时，警卫人员总会担心父亲的安全，父亲却非常高兴。无论视察工厂、学校、机关还是部队，都不准警卫人员阻挡群众，谁愿意上前都行！

父亲到了下面各个单位，免不了讲几句话，做些“指示”。但工作人员写给他的稿，他总是念几句就撇开，之后就“以我为主”地尽情说话。不过，一旦有报纸要发表他的讲话，父亲就会把那份准备好的讲稿给他们，并且严肃交代“以它为准”。

记得有一次，父亲在一家工厂讲道：“工人阶级是社会

父亲无论走到哪里、无论出席什么活动，最喜欢穿自己打的“布草鞋”

的主人，工人阶级内部没有根本的利害冲突，大家要团结起来共同努力，建设我们的国家！过去，有些人要打倒我、抄我的家，甚至想要我的命，我都不计较。但是现在，不管是保我的人还是反我的人，都要响应毛主席的号召，抓革命、促生产！工厂绝对不能停产。假如有人再胡闹，继续搞派性，我就把他抓起来。如果有人以‘革命’的名义破坏生产、破坏设备，告诉你，我不光要把你抓起来，还要判刑、枪毙！”

父亲讲到严肃处，真的是声色俱厉，很吓人。

可能“文革”动乱以来，人们从未听到哪个“当权派”敢这样直来直去地讲硬话，台下的人们全部听呆了。之后，一部分人垂头丧气，更多人则是高声欢呼、疯狂鼓掌！

我后来看见有些关于父亲的书，上面写着父亲在什么文件上批示“谁再造反，先杀后报”之类，我在这里必须澄清，这是胡编讹传、捕风捉影，父亲没有说过那样的话。

的确，父亲坚决反对动乱，主张稳定，而且对各种各样的造反派极为反感，但他并没有因为个人深受造反派之苦，而以感情代替政策。他坚定地表现出治动乱、求稳定、发展生产力的鲜明态度，实施了许多有力措施，在当时的南京和江苏其他各地，影响与作用都是相当大的。

经过一番艰苦深入的工作，造反成性的头头们不敢公开闹腾了，武斗风也煞住了，社会秩序趋向正常，南京市乃至江苏省渐渐出现了相对安定的局面。

父亲的出身与经历使他深知民间疾苦，他同老百姓之间有一种天然的血肉联系。父亲后来虽然职务高了、地位变了，但和民间底层那种天然的联系不仅没有割断，反而成了他竭诚尽心于国计民生的原动力。

担任省革委会主任之后，父亲经常下乡视察，以至南京周边一些村庄的老乡们都记住他的车牌号了。每次父亲的车一路过村口，好些小孩子就对着车敬礼、拍手，抢着叫："许司令好！许司令你好……"

我时常跟着父亲下乡。有一次，我抓了几把糖果放在军用小挎包里，到了村头，就分给那些欢呼的孩子们。这事儿不光得到糖果的农村孩子们开心，更高兴的是父亲，他竟然大大地表扬了我一回，说我"想得周到，很懂事理"。受到表扬的我当然也开心，从那天起带糖果就成了惯例。每次下乡，父亲只要看我跟着，都要提醒我："多带些糖果啊！你带上没？"逼得我后来不得不经常跑到鼓楼百货商场，用自己的钱给农村小孩儿买糖果，有时一买就是 5 斤，这在当时是我很大的一笔开销。

父亲还喜欢到老乡家里坐坐，对上了年纪的老人，他会问："快过年了，家里有没有苞米啊？割了几斤肉？娃儿们有没有新衣服穿……"我记得当时农村条件很差，老乡家的最年长者坐一把椅子，父亲坐另一把椅子，其他人，无论男女老幼都站着或者蹲着。只要父亲到了哪一家，哪一家屋里屋外就会被乡亲们围好几层。大家你一言我一语，聊得十分开心！

父亲视察

有一次在行车路上，遇见两个讨饭的。父亲立刻令司机停车，他下车后亲自走到讨饭者面前，问他们是哪里人、为何出来讨饭。两个讨饭者，家乡在淮阴地区的农村。第二天，父亲就安排，亲自视察淮阴。

到了淮阴地委，父亲就对当地领导讲：你们要安排好群众生活啊，从抓生产入手，不要让社员穷得没饭吃，更不能拖儿带女出去讨饭……

没想到，那位领导非但不觉得自己有责任，反而解释说：苏北老百姓历来有外出讨饭的习惯。

父亲一听这话就火了：你怎么没有这个习惯？你去讨饭我看看！父亲把他狠批了一顿。

父亲最后说：古话说，饱暖生骨肉，饥寒起盗心。老百姓没有饭吃就会闹事，就会影响社会治安。再说，百姓寒苦，政府责任何在？

这一路上，父亲每到一地，都从上到下视察各级政府部门，一直看到那里的乡村和大队，并再三告诉相关干部：丰产要丰收，不要浪费一粒粮食。有粮无钱好办，有钱无粮不行！如果农业搞不好，农民没饭吃，我看他早晚要用锄头挖你祖坟！

今天看来，父亲是把粮食当产品而不仅仅是商品。而在当时，他是诚心诚意替老百姓着想，想的就是让所有百姓都能解决温饱问题。

在下乡视察中，父亲发现苏北有的农村缺吃少穿，长年靠政府救济，原因是“一大二公”的公社所有制束缚了农民的生产积极性。父亲看出来了原因，但事关国策，他根本解决不了。但农民种些自留地，养些鸡鸭，从事家庭副业，中央并没有统一规定，所以可以鼓励当地农民搞起来。父亲认为，这是他职权范围内的事情，应当搞好，也

父亲在农村

必须搞好。为官一任，造福一方，政府部门要尽可能改善农村生产状况，为提高老百姓生活水平多开几条路子。

父亲的司机探亲回来讲，东台革委会规定每家只准养一只鸡，如果有第二只，就要割“资本主义尾巴”。父亲听了很生气，说：“马列的书上没写不让农民养鸡，也没写不让他们种自留地和搞家庭副业。党的政策很明白，就是要让老百姓过上好日子！养个鸡就成了走资本主义道路，要是养个猪、养个牛怎么办？这纯粹是教条主义嘛！”

父亲立刻决定召开全省县以上干部会议，专门就发展农村生产生活开展讨论，统一各级领导的认识。

在会上，父亲点名批评了东台革委会的做法，大讲农村家庭副业的必要性和重要性，并强调，要让社员养鸡、养鸭。他说："如果农村百姓过年连个蛋都吃不上，城市还有蛋吃吗？这算什么社会主义优越性？鸡屁股就是社员自家的'小银行'，一家的零花钱，一家的油盐酱醋，全靠几个鸡蛋去换！我就不相信养几只鸡就能变成资本主义了。"

这次会议在一定程度上打消了各级干部头脑里的条条框框，江苏省农村的家庭副业很快搞了上去，农货市场繁荣起来，物价也稳定了。全省的副食品不仅能够自给自足，还能销往全国各地。

豫剧《七品芝麻官》里有句台词："当官不为民做主，不如回家卖红薯。"这句台词用在父亲身上，应当说是恰如其分。

早在三年困难时期，父亲视察上海警备区，没打招呼，自己去看望"南京路上好八连"，而且不进连部荣誉室等处，径直来到伙房，看当天的战士伙食。他看见伙房是用

“增量法”蒸出来的开花米饭，看见菜无荤腥、清汤寡水，立刻询问匆匆赶来的连长：这样的伙食，战士能吃饱吗？连长犹豫一下说：还可以。父亲生气道：你讲假话，我看战士根本吃不饱。连长无奈，吞吞吐吐地报告：粮食定量不够，菜金也少……

连队吹响开饭哨了。父亲走进食堂，一桌一桌地问过去：“你们吃得饱吗？”

“吃得饱！”每桌战士都这样大声回答。

父亲心痛地大声说道：“不，你们没吃饱！你们可以骗我，但绝不可以骗自己的肚子啊！”

那一天，父亲和“好八连”战士们一起吃了顿午饭，吃得好几个战士掉下泪来……父亲回去就指示上海警备区领导：立刻在郊区给八连划出一块菜地，再建个养猪场，让八连干部战士自力更生，解决副食补助问题。至于其他部队，他再想办法。

这个决定很快使连队伙食有了明显改善。

1985 年 3 月 11 日，父亲到上海看病，被诊断出不治之症。这时离他去世还有半年，但是父亲执意要到“好八连”再去看看。

到了八连后，见到新一代的干部战士，父亲非常高兴，

父亲与“南京路上好八连”合影

兴致勃勃地给官兵们讲光荣传统，最后还和官兵们一起合影留念。那天，父亲主动提出来：照相，照相！连队有干部家属没有？要有，叫你们老婆孩子一块来，大家一起照！这才像个家嘛……

这是父亲生前看望的最后一个连队。当时八连的官兵，无人知道父亲已经身患绝症，他其实是来做临终告别的。

离开营门时，父亲留下这样一句话：好八连，将来一定要更好！

父亲与酒的故事

父亲喝酒应该是8岁时在少林寺就开始了。“文革”抄家时抄走的那12本带图的武功拳书，后又被造反派当“四旧”烧掉的珍贵文物，在第一册第一页就用繁体字写着：先喝下四两酒后，再开始练气功……

酒也成了父亲生命中的一部分，平常工作、交往也都能用上。父亲劝酒的方式别具一格。那些跟随他很多年的老部下专程来看望他，在宴席上，他先端起酒杯，不管人家喝不喝自己先一口干掉。如果你解释说“不会喝”，他会说“你怕老婆”；你要是解释说“身体不好，医生不让喝”，他又会说“你怕死”。怕老婆本不光彩，怕死更不光荣，于是，你不喝也得喝。你硬着头皮喝了，坏事了，你明明会喝，弄虚作假，罚酒三杯。连喝带罚，你不醉也会晕晕乎乎的。有的人醉了，饭也不能吃，只好被扶到客厅休息醒酒。下次在酒桌上再见到你，他不仅不劝你喝酒，还帮你解围，谁也不会硬叫你喝酒了。

“文革”中，在解决“三结合”的问题时，那些造反派组织背后都有“高参”。父亲担心幕后的馊主意产生负面影响，增加工作难度，于是就采取“封闭式”对策，即让参加谈判的人吃住都在军区招待所。他亲自陪着，时常晚上谈到深夜，有时也轻松一下，陪他们看场电影。吃饭他也陪，午餐、晚餐都有酒喝。父亲自己频频举杯，还发动军管会领导和工作人员劝酒，经常把他们灌醉。有的人没法招架，跑到厕所抠喉咙眼，把酒吐出来，等回桌后还会被接着灌。

看到这种情况后，李文卿向父亲建议不要喝酒，说：“一来浪费，还伤身体，二来传出去影响不好。”可是父亲却不以为然，说：“酒席酒席，无酒不成席，没听说过饭席饭席的。再说，你把他们灌醉了，他们可以讲真话，这叫酒后露真言，你不懂。”

《霓虹灯下的哨兵》这出戏，将“南京路上好八连”的事迹搬上了舞台。前线话剧团从南京演到北京，久演不衰。我大姐许立也有幸参加了《霓虹灯下的哨兵》的演出，在北京见到了毛主席，还和毛主席一起照了相呢。

毛主席、周总理、朱老总等国家领导人都观看了演出，

我的大姐许立

还给予了很高的评价。周总理居然在一个月内连看了三遍，他和邓颖超还把剧组主创人员请到家中做了一次客。

这部戏的作者沈西蒙是南京军区的文化部长，我上小学时就曾见他来过家里两三次，有一次是父亲要带他去上海，让他在“南京路上好八连”体验生活。我也记得他夫人余小梅，在戏里扮演“林媛媛”的角色。“文革”开始他就被卷进“文革”浪潮中，被打、戴高帽、批斗……后被关押起来。

父亲在上海祝贺《霓虹灯下的哨兵》演出成功，右二人为此剧作者沈西蒙及其夫人余小梅

他的夫人在那段时间也因病去世。后来沈西蒙和沈亚威都被“三团二队”的造反派给关起来了，天天批斗挨打，吃了很多苦、受了很多罪。

父亲重返南京任革委会主任时，知道了他们二人的情况，马上让有关部门着手办理，把他们“解放”了，另行安排工作。

那天父亲在家里宴请沈西蒙部长，我听见厨师王师傅在向李文卿抱怨：“首长要我做‘鱼香面’，说沈部长爱吃，这要六合龙池鲫鱼做材料最好了，中午才通知，到哪里去弄呢？”王师傅原来为陈老总工作过几年，陈毅元帅离开南京后，他一直跟着父亲。他做的鱼香面与众不同，下面是面，上面是一条鱼，干烧与红烧结合。李文卿让他再想想办法，然后对我讲：“沈西蒙过去来的次数不多，又事隔这么多年，你爸爸还能记得他爱吃的菜，也真够细心的了。”

那天沈西蒙部长和父亲二人在楼上用餐，沈部长还没从被整的阴影下解脱出来，心里挺难过的。父亲当时也想不出什么合适的话来安慰他，两人喝了几杯闷酒，几乎没谈什么。

过了三四天，父亲再次宴请沈西蒙部长，父亲开始就讲：“动乱开始，我到大别山去了，也怪我考虑不周到，你受苦了。”这时沈部长眼泪直涌，可能是那块小毛巾都不够擦眼泪吧，父亲叫服务员赶紧拿一条大点儿的热毛巾上来给他擦脸。那顿饭两个人喝了一瓶茅台。

“文革”前，周总理有时拉上谷牧叔叔一起和父亲喝酒，三个人每人一瓶茅台，喝完为止。周总理为了劝父亲节饮养生，给他讲了一个故事：蒙哥马利对丘吉尔说，我

我与谷牧叔叔

不抽烟不喝酒，已经活到 88 岁了；丘吉尔说，我又抽烟又喝酒，现在已经 91 岁了。

周总理问父亲：“你拥护哪一个？”父亲回答：“我拥

护丘吉尔。”周总理和谷牧叔叔都哈哈大笑起来。

其实，丘吉尔比蒙哥马利大 13 岁，丘吉尔 1965 年去世时 91 岁，蒙哥马利 1976 年去世时 88 岁，两个人不可能在一起讲“我 88 岁”“我 91 岁”，这是周总理讲的笑话。

有一次父亲在家里请周总理吃“野味”，席间敬酒时，周总理对李文卿说：“年轻人，长征时我也像你这个年纪，打遵义后，我一次喝了三大碗茅台酒才感到稍有一点醉意。现在老了，不能多喝了。”父亲讲过，在红军时期及解放战争时期，周总理酒量比他还好。

有关部门都知道父亲的酒量和劝酒的本领，如果客人不善饮酒，就把白开水和茅台酒掺在一起倒在茅台酒瓶里，以水代酒。

我国驻柬埔寨大使康茅召回忆西哈努克亲王到南京访问的情景，有一段这样的描述。十几巡酒过去后，亲王被父亲的豪爽深深打动，不由地吐出真情。他满怀歉意地站起来，对父亲说：“将军阁下，真对不起！我不知道谁给我倒的都是水。”父亲当即回答：“亲王不知不为过，我们接着喝。”父亲的劝酒词接连涌出来：为中柬友谊干杯！为亲王健康干杯！宾主开怀畅饮，尽欢而散。

父亲陪同西哈努克亲王参观南京中山陵

酒也经常被父亲当“药”用。1972 年 6 月，当时父亲正在北京开会，拉肚子的老毛病又犯了。他不肯看病吃药，周总理知道了，在一张便条上批了几句话：“世友同志，请你休息两天，好好将身体检查一下，以便散会后好去浙江。”并亲往京西宾馆当面劝说。周总理说：“你需要检查一下身体，看看是什么问题，好好休息两天。”父亲说：“总理放心，不用休息，不要检查，我用‘土方子’治好了。”周总理问他用的什么土方子，父亲讲：“就是饿上两顿饭，让肠胃休息一下，再空腹喝两杯茅台酒。”周总理和在场的人都哈哈大笑。

记得我在四五岁时感冒了，父亲也会让我喝下去一杯酒，说：“喝了盖上被子睡觉，出出汗就好了。”每次母亲见到后都非常反感他这种治病方法。

父亲的老战友陈再道将军曾经讲过：“他打仗的指挥风格是外粗内精。与他共过事的人都知道，他是一个外粗内精、粗中有细的人。”

“肃反”时逮捕了不少人，弄得人心惶惶，父亲自己不发牢骚，也不允许他管辖下的部队指战员发牢骚。有一次，在河边，他听到自己团里的几个营连干部在发牢骚，父亲快步走上前去，立即加以制止：“你们瞎嘀咕什么？嚼嘴皮子能打倒反动派？净胡扯。”他这样做，何尝不是对自己、对部队的一种特殊的保护。

陈再道将军说：“当时有人说，许世友酒量特别大，醉酒恐怕是装出来的。装也好，不装也好，在当时人们往往看到了他的醉酒，而常常忽视了他的清醒。在当时‘肃反’的特定气氛下，他要的也许正是这种效果。”

原九纵参谋处长叶超曾讲过，许司令除了在酒桌上不分大小、随意说说笑笑，平常很少主动与人交往，难得找人聊聊天。抗日战争时期在胶东他就这样，那时他才30岁左右，胶东老乡就背地给他起了个绰号“许老头”，一叫叫开了，叫了几十年。

在“四人帮”整周总理的那段时间里，父亲很少去北京参加会议，一般都以身体不好为借口推掉，经常自己喝很多的酒……父亲那时喝酒简直就是一种自我解脱、自我麻醉的方式，因为喝多了，情绪和心情会好一些。厨师老王师傅跟我讲：“首长最近情绪不好，每天都喝好多酒，都有些迷迷糊糊的了，首长怎么这个样了啦？”

周总理听说了，很担心父亲这样喝酒会影响他的健康和情绪，专门在人民大会堂的一个房间里找我谈了一次话。当时有李德生主任参加。周总理说：“我交给你一个任务，回去好好劝劝你爸爸不要喝太多的酒，要注意节饮养生。他这个人戒酒是不可能的，但要少喝一点。你爸爸不光不戒酒，还宣扬酒治百病呢……”谈完后，周总理还写了一封信，封在信封里，让我转交父亲。

我在父亲故居

我回到南京把周总理的关心转告给父亲，信也交给他，父亲看完信后非常感动，说："总理自己的处境也很难啊，他还这么关心别人。他这个人是我们每一个人学习的榜样啊。"

父亲喝了一辈子酒，但一辈子喝酒都公私分明。他因公待客的酒由管理员保管，放在地下室的右角边，都是用纸箱装好的。自己喝的就自己保管，有的用纸箱装好放在楼上小储藏室里，有的放在办公桌下面，也有的放在柜子里……两者绝不掺和。

父亲早年抽烟，一天要抽两三包，后来大家动员他戒烟，他满口答应，条件是要戒一起戒。杨勇将军说，如果父亲能戒烟他就戒饭。结果父亲真的把烟戒掉了，而和他一起约定戒烟的将军们，最长的坚持了两个多月，又都抽上了。但戒酒无论谁劝他都没有用，他说不戒就不戒。

父亲去世后，他的墓前堆满了茅台酒的瓶子，成千上万的瓶子堆成了一堵长长的墙，那是人们知道他爱喝茅台酒，带去祭拜他的。茅台酒瓶堆成的墙，也成了父亲墓前一道特殊的风景线。

南京知青祭拜父亲

发清醇
将军

与二十七军的情缘

1985 年，在离父亲去世还不到一年的时候，父亲已感到身体有些不适。当时的中国共产党中央顾问委员会（简称“中顾委”）华东区委员要在青岛召开座谈会，父亲觉得自己应当参加会议，同时他还有一个心愿：在路过济南时向解放济南的烈士敬献花圈，以表心中怀念之情。

临行前他给时任济南军区政委迟浩田打了个电话，说：“我最近路过济南，想为解放济南的烈士，特别是九纵烈士墓地敬献花圈，请做好必要的准备。”

二十七军的前身就是华野九纵。迟政委接到电话后，立即派人前往查找，可惜事不遂人愿，几乎各个纵队均有烈士安葬在济南英雄山烈士陵园，唯独没有找到九纵的烈士墓地。

父亲到了济南后，通知迟政委到列车上汇报情况。迟政委将情况向父亲汇报后，邀请父亲下车吃饭，父亲说：“既然九纵的烈士墓尚未找到，我就不在济南下车停留了，请代我向济南英雄山烈士陵园的纪念碑前献个花圈。”他停顿了一下，继续说：“毛主席点名让我打济南，原定要打几个月，结果我们 8 天 8 夜就打下来了，胜利来之不易，这是用烈士的鲜血换来的，我们不能忘记他们。他们是我们的战友，是解放济南的英雄，我们今天的好日子是他们用生命换来的。解放济南九纵牺牲了1000多人，怎么就找不到墓地呢？埋到哪里去了？继续查找。找到后转告我一声，不然我们对不起牺牲的烈士，对他们的亲人也无法交代，就是对现在的干部战士，我们也无法面对，拿什么对他们进行传统教育呢？我们九纵不是有一个好传统：战斗中不准丢一名伤员和烈士吗？所以，战士奋勇杀敌，知道负了伤有人救、牺牲了有人管。”

父亲一生经历过数不清的战役，但在他任九纵司令时参加的几场战役，令他印象最深，终生难忘。

济南战役在父亲的心目中占据了非常重要的地位。战役前夕，父亲正在蓬莱艾山汤治疗腿伤，毛主席在批阅华东野战军关于济南战役作战方案时，发现没有许世友的签名，了解情况后他致电华东局：“此次攻济是一次重大战役，请考虑在许世友同志身体许可的情况下请他回来担任攻城总指挥。”

战斗打响后，攻城部队不畏牺牲，打得异常勇猛，仅用了8天8夜时间，就一举拿下济南城。九纵七十三团更是率先突破内城，将胜利的旗帜插上了济南城头，被华东野战军山东兵团授予“济南第一团”荣誉称号。

父亲乘列车离开济南后，迟浩田政委为了落实指示，并尽快找到九纵烈士墓地，立即给时任二十七军政委的徐永清打了电话，将父亲来济南向烈士敬献花圈的事情经过叙述了一遍，请二十七军根据所存烈士资料尽快来济南寻找九纵烈士墓地。徐政委听说是老司令的指示，立即召集三名机关干部组成寻墓小组，即刻赶往济南寻找烈士墓地。寻墓小组得知此行是执行九纵第一任司令员许世友的指示，很激动，决心一定要完成好这次任务。到济南后，迟政委来宾馆看望，表示济南军区一定大力支持寻墓工作，并向山东省委反映了情况。寻墓小组决心努力寻找、密切协作，共同落实好老司令的指示。

在接到迟政委指示后，寻墓小组前往济南市民政部门了解情况，得知九纵打济南时是从城东边进攻，而济南外城东边属于历城县，所以九纵的烈士没有安葬在济南市英雄山，可能埋葬在历城县。寻墓小组立刻赶往济南城东的集中和散葬的三个陵园，逐一查看了2300多个墓地。由于墓地位置偏僻，周围杂草丛生，小组成员身穿的呢料衣服都被枣树刺挂破了，但他们全然不顾。在历城县烈士陵园，工作人员告诉他们，这里有1100多个坟，大多是九纵的，当初修建墓地的时候没有立碑，只是在坟头边上插了个木牌。后来九纵一路南下作战，离开了济南，随时间推移，木牌都已朽烂，无法分辨木牌上的字迹，人名和墓地已经对不上号了。市民政局有记载的烈士埋在东社房街三号房后，因修建工厂，烈士墓地已迁到济南市英雄山烈士陵园，但迁墓时烈士名字和遗骸无法一一对应，所以都作为无名烈士安葬。

寻墓小组正一筹莫展之际，历城县民政局长组织周边群众召开座谈会，了解到在距孙村镇 10 多公里的荒山里，还有 70 多个坟墓，其中九纵有 46 名烈士安葬于此。这个陵园有 200 多平方米，但长期无人管理，长满了荒草，周围有 5 座石灰窑，废灰渣已经倒到了离坟头不远的地方。这些坟墓虽然没有立碑，但当地老百姓在每个坟头前的一块小石碑上雕刻了烈士的姓名和职别，并得以保留下来。寻墓小组得知后立即前往陵园，逐一对烈士墓地石碑拍照，将资料带回。巧合的是，九纵所属的三个师及直属部队均有烈士安葬于此，可以说这 46 座墓极具代表性。令人诧异的是，在对照二十七军烈士登记表的时候，却并未找到这 46 名烈士的名字。后来才从老百姓口中了解到，解放济南时九纵医疗队住在孙村镇，这里收治的都是重伤员，有一户老百姓家里住的 4 个伤员只有三条腿，很多重伤员牺牲了就安葬在这里。这些烈士没有被登记在册，而是作为失踪人员进行统计的。

墓地找到后，寻墓小组与济南市民政部门商议，将烈士坟墓迁到济南市英雄山烈士陵园，但当时国家民政部有规定，土葬坟墓一律不准搬迁，特殊情况要经民政部批准。民政部门就此事请示济南市委，并得到答复：九纵为解放济南做出了突出贡献，是第一个攻入济南城的英雄部队，同时又是几个纵队中伤亡人数最多的，而济南市英雄山烈士陵园却没有一个有名有姓的九纵烈士陵墓，这 46 座墓具有特殊的代表意义，特殊情况特殊处理，同意迁到英雄山烈士陵园。

济南市民政局杨处长、英雄山烈士陵园张主任会同二十七军协商，寻找迁移地的位置，最后在烈士纪念碑主路的一侧选定了位置。这里环境安静肃穆，松柏翠绿，不多不少正好有建设 46 座坟墓的位置，冥冥之中似有天意。

墓地位置选定后接下来就是迁坟。由于当时二十七军已赴老山前线作战，于是迟浩田政委决定迁坟工作由济南军区协助烈士陵园承办，墓地样式与济南英雄山烈士陵园保持一致，采用青石建造墓前立碑。济南军区部队在孙村镇将一具具遗骸仔细挖掘收集完整，装进棺材，运到济南英雄山烈士陵园安葬。就这样，由济南市民政局出资主办，济南军区出人出车协助，二十七军提供资料，将46座烈士迁墓立碑任务顺利完成，对父亲寻找九纵解放济南烈士墓地的指示有了一个交代。

清明节时，很多群众来到陵园扫墓，鲜花摆满了墓地。有一位老人带着孙子来到了一座墓前，对小孙子说："这是你叔叔的墓，他是个英雄，为了解放济南光荣牺牲了，你一定要好好学习他为国牺牲的精神，做一个对祖国有用的人。"老人对二十七军的同志说："儿子失踪了这些年，我一直在找，可是始终没能找到，感谢你们替我找到了他。"二十七军的同志说："你不要谢我们，你应该谢谢咱们的许世友司令员，是许司令始终惦记着烈士们，我们只是落实许司令指示的执行者。"

原七十三团七连指导员彭超来到烈士陵园，在烈士孙景龙的墓前流下热泪："我可找到你了！"七十三团打济南的时候，当七连登上城头后，指导员彭超指示战士孙景龙将红旗插到城头气象台制高点，孙景龙在插旗的时候不幸中弹负伤，被战士们用担架抬下去。战后，彭超就再也没有见过孙景龙，而牺牲烈士的名单中也没有找到孙景龙的名字。几十年来，彭超一直在寻找孙景龙，这位第一个将红旗插到济南城头的战士，今天终于在这里找到了。他是一名英雄，应当永远被铭记。

寻墓小组与民政部门进一步核实了烈士的情况，得出了一个比较完整的数字：九纵参加济南战役牺牲干部 149 人，战士 1317 人，共计 1466 人，连同负伤的共计万余人。任务完成后，小组返回二十七军向杨学林副军长汇报，杨副军长说："我们有 1466 个烈士，陵园里只安葬了 46 个，我们要建个烈士纪念碑，把烈士的名字都刻在纪念碑上，永留英名。"

寻墓小组与济南市民政部门进行了沟通，同意建造烈士纪念碑，并找来专家设计了样式，以济南市民政部门为主修建，预算 15 万元，地址选在了解放阁。迟浩田政委与山东省委副书记姜春云同志联系商定，由省市出资修建纪念碑。但是在纪念碑即将开工时，迟浩田调任解放军总参谋长。寻墓小组只好前往北京找到迟浩田总参谋长，反映了修建纪念碑存在的困难，迟总参谋长与姜春云同志商议后，姜春云同志说：因为是以省市名义修建的烈士纪念碑，建议不仅只建九纵烈士纪念碑，应当建成济南战役烈士纪念碑，以牺牲烈士的多少为序，九纵烈士最多，就排在第一位。并请济南市委派人到二十七军协商，徐永清政委表示，完全赞同省委意见，并衷心感谢省市领导的支持和帮助。不久，烈士纪念碑修建落成，成为解放阁的重要组成部分，供人民群众瞻仰。

九纵解放济南烈士迁墓工作已经完成，烈士纪念碑也已落成，寻墓一事终于得以圆满结束。可是此时父亲已经去世，未能亲自到现场为烈士献上花圈，多少留下了一些遗憾。但是山东济南的老百姓都不会忘记，有一位老将军在暮年、在他生命的最后时间里依然念念不忘那些为解放济南而英勇献身的烈士们，在他的指示下完成了迁墓、立碑，以供人民群众寄托哀思、缅怀先烈。父亲在天之灵一定会感到欣慰。

1955 年时，父亲到二十七军八十师视察工作，这是 1955 年授衔后父亲第一次去二十七军。回到老部队，父亲非常高兴，在军长孙瑞夫、政委曾如清的陪同下走向列队欢迎的八十师官兵们。这时一阵鼓号声突然响起，原来是军乐队在演奏迎宾曲。父亲听到后扭头就往回走，军长孙瑞夫、政委曾如清急忙快步赶上父亲，父亲头也不回地说道："搞什么东西，形式主义！"军长、政委赶忙解释说："按照条令规定，上将军衔以上的领导到部队检查指导工作，要奏乐迎接。"父亲说："我是九纵的老司令，大家又不是不认识，还搞这个形式主义的东西干什么？"孙军长根据父亲的要求，立即将军乐队撤离现场，父亲这才走进了八十师的营院。孙瑞夫军长是父亲的老部下，是父亲带出来的一员战将。父亲任胶东军区司令员时，他是北海军分区司令员；父亲任九纵司令员，他是二十七军的师长。因为多年和父亲一起工作战斗，互相都很了解，父亲对他有一说一、毫不客气。

就这么一个小插曲，却给二十七军的官兵留下了深刻的印象，父亲用务实的作风给官兵们上了生动的一课，而这种作风也在二十七军潜移默化地影响着一代又一代官兵。直至60年后的今天，二十七军依然保持着这种务实的作风，不练空把式，不搞花架子。

父亲打了一辈子仗，深知部队训练的重要性。当时正处在三年困难时期，为了渡过这一难关，除战备值班部队外，大部分部队都投入到了紧张的开荒种地大生产中。1962年3月，父亲就指示南京军区司令部、政治部联合发出通知，要求在军区部队广泛宣传、认真学习郭兴福教学法。由于部队忙于搞生产以确保部队身强体壮有个良好的战斗力，无暇顾及训练，郭兴福教学法的推广未得到很好的贯彻。正当部队热火朝天地进行夏收秋种的关键时刻，我国边境上发生了冲突，南京军区受命转入紧急战备。父亲接到命令后又急令二十七军八十师转入紧急战备。当时二十七军部队分散在苏南、苏北、安徽等地，有的担任施工任务，有的搞生产，有的正在训练。当时还正在进行按照新编制整编，马上按战备需要补入兵员，这样一个急转弯、大转变，加上情况急、时间紧，无论是对机关还是部队，都是一个严峻的考验。但二十七军官兵同仇敌忾，从部队收拢、动员，到调整组织、发放物资、齐装满员地按时出发，直属部队和七十九师用了一周时间，而八十师只用了 56 个小时。在父亲总结时讲，这次紧急战备中也暴露出部队由和平环境突然转入紧急战备，由高度分散的训练、生产、施工迅速转入临战状态，依然存在许多问题，如不解决，必将严重影响部队战斗力。同年 11 月，边境形势缓和，部队陆续回撤。紧急战备刚刚解除，父亲就决定南京军区在杭州西村召开战术训练现场会，检查 3 月份召开的学习郭兴福教学法的落实情况，扎扎实实开展群众性的大练兵运动。父亲多次和二十七军领导强调："训练一定要实。练为战，仗怎么打，兵就怎么练。脑子里净是花花点子，搞形式主义、搞烦琐哲学是不行的，搞形式主义在战场上是要付出代价的。”当时二十七军要求军事干部会做政治工作，政工干部会指挥打仗，这也是光荣传统。千万不要做“一边站，到处转，既能讲，又能看，就是不能一起练”的干部，要把政治工作渗透到军事训练的每一个课目中去。由于抓得紧、抓得具体，二十七军很快就培养出一大批典型和尖子。

为了更好地推动普及郭兴福教学法，1963 年 10 月至 1964 年 3 月，父亲和军区首长分批参加了南京军区在八十一师驻地镇江高骊山组织召开的 5 次现场会。1963 年 12 月，总参又召开了由各大军区、军事院校干部参加的现场会，叶剑英元帅专程到会观看。七十九师侦察连指导员侯书信受到各大军区首长的一致好评：37 岁了，仍和战士一样，全副武装，一起攀登高 52 米、坡度 85 度的峭壁，以身作则，带头实干，是很有说服力的政治工作。侯书信的突出表现，还受到了叶剑英元帅和罗瑞卿大将的特别赞扬，罗总长说：侯书信同志跟班作业，既把政治工作渗透到军事业务中去，又起了政治工作最实际的模范作用，很值得赞扬。你是一个好指导员，全军要向你学习。

在浓厚的练功热潮中，二十七军涌现出了一大批训练典型和尖子。代表南京军区参加全军大比武的15个分队，取得了8个一等奖；参加的12名个人，5人获教学一等奖。这些成绩的取得，是二十七军落实父亲作风务实、狠抓训练的具体体现。

1965年1月，军区为普及郭兴福教学法，在湖州召开了有15个分队参加的观摩经验交流会。但是，也就在这时，林彪以“突出政治”为名，把轰轰烈烈的群众性练兵热潮压了下去。然而，两年的大练兵、大比武为部队培养了一大批训练骨干，总结出一整套的训练方法，并为之后的训练和军队建设打下了良好的基础。在大比武中涌现出来的尖子人物王良均、潘洪亮、张岳荣等，后来都成长为正军职干部，在部队建设中做出了贡献。

1952年底，二十七军抗美援朝回国后驻扎在上海松江，1955年4月，移驻无锡荣巷原苏南军区营房。军部大院东北角荣家老宅那座二层楼，后来成了军部的小招待所，在混乱局面时，父亲在此住了40天之久。

父亲在二十七军住久了，总有消息走漏，当时“文革”小组鼓动造反派到二十七军抓父亲进行批斗。父亲经过多方面考虑，就以身体不好为由，向中央请假到大别山后方医院治疗休养，并得到了批准。

父亲离开了，二十七军就倒霉了。身处“文革”旋涡之中，二十七军也未能幸免。张春桥以支持左派的名义，支一派，压一派，并要二十七军“转屁股”。江青提出“文攻武卫”，结果造成了两派群众组织武斗升级。这种行为受到二十七军广大官兵的抵制和反对，张春桥就指使省军区、野战军、空军、院校给二十七军施压，要二十七军迷途知返，与许世友划清界限。他们又鼓动造反派在上海策划召开声讨二十七军的大会，后来在周总理的干预下没有开成。

在无锡两派群众严重对立武斗升级的情况下，尤太忠军长深入两派群众组织中去，进行苦口婆心的说服教育工作，做了大量的群众工作。有的造反派甚至将大刀架在他的脖子上，但他毫不畏惧。更使人感动的是：在军部王巷招待所，尤太忠军长在回答北京清华大学“又来了战斗队”这一问题时，由于夜以继日的工作，劳累过度，加之原来的肺病发作，突然气喘吁吁，肺气“炸”了，头上豆粒大的汗珠向下淌，他一字一句地说：“同学们，对不起了，我的身体不行了，请允许我以后再给同学们回答……”话未说完就晕了过去。同学们见状，深受教育，十分感动，从此转变了立场，认为二十七军的做法是对的，转为支持二十七军的“战斗队”。保健医生知道尤军长肺有伤疤，随身带有一个氧气袋，立即进行了急救，并迅速送到无锡101医院抢救。之后，周总理指示南京空军派飞机把尤军长送到上海治疗，为了保密化名王某某住进医院。不料，张春桥得知尤军长在上海住院，又指示造反派到医院查找，准备揪斗。二十七军得知消息后，立即将尤军长接回无锡101医院治疗。

8月18日，《人民日报》发表“揪军内一小撮”文章，张春桥又要借机发难了。9月8日，中央文革小组派出以刘锦平为首的调查组，先到江苏硕放空军十五师住下，而后再到无锡二十七军军部等处调查。调查组一下车就开始对二十七军领导施压，要求“转屁股”，支一派，压一派。机关干部对调查组十分不满，气愤地说：你们来二十七军调查，一不在二十七军吃，二不在二十七军住，三不做深入调查就妄下结论，施压二十七军“转屁股”，难道我们不是毛主席领导的部队吗？警卫连指导员林波指着刘锦平说：毛主席到无锡，是我带部队警卫的，难道毛主席信得过的二十七军你信不过吗？刘锦平在二十七军碰了壁，又下令将马杰政委调至南京，伙同省军区有关领导对马杰政委施压。马杰仍坚持军党委决定，一碗水端平，两派群众都支持。见施压无果，刘锦平又根据张春桥旨意出阴招：无锡造反派被无锡保守派赶了出来，天快冷了，二十七军应当把他们接回去。其实大家心里都明白，无锡造反派是张春桥下令调到南京去帮助南京造反派进行武斗的。施压不成，玩弄阴谋也未得逞，刘锦平最后以少数服从多数为由，逼迫马杰政委签字。签字后刘锦平怕得不到落实，又赶往无锡监督落实，这时他突然接到周总理电话，令其立即返回北京。刘锦平离开后，二十七军的干部战士松了口气，纷纷猜测刘锦平返京的原因，说调查组有一位周总理的联络员，他是否向周总理做了如实汇报，不得而知。

后来周总理传达了毛主席的指示："二十七军是一支战功卓越的部队。"这场闹剧才算有所缓和。

当时尤军长仍在养病，马杰政委一个人主持工作，任务繁重，斗争极为复杂，在身体和精神的双重压力下，他病倒了，还病得不轻，住进了南京军区南京总医院。父亲得知情况后，立即赶往医院。医生向父亲报告说：病情严重，变化很快，需要马上开腹检查，但家属不在，无人签字怎么办？父亲说："开，我做主，负全责。"经查发现，马杰政委肝部已经硬化、萎缩，同时还患有肠坏死和胆囊结石，父亲下令："不惜一切代价，全力抢救！"

多亏父亲果断决定，为抢救赢得了最佳时机，马杰政委终于脱离了危险。当二十七军的干部来医院探望时，他指着一桌子进口药说："我的命是许司令下令用金钱换来的。"

有一次，二十七军司政后机关三名干部到南京参加一个会议，住在军区招待所AB大楼，在与军区机关干部聊天时无意中说起，好久没见到许司令了，挺想念的。不知谁告知了父亲，他就利用开会间隙在会议厅接见了这三名干部，并进行了热情洋溢的讲话。他说：二十七军为我背了黑锅，遭到了冲击，吃了苦头，我向你们表示慰问，请同志们回去向你们军首长汇报，代我向全军指战员问好。父亲讲了近一个小时，秘书几次催他，说参加会议的领导同志正在等他，他手一摆，说：没得关系。二十七军受到接见的三位同志从心里深深地为之感动……

1969年8月17日，父亲突然接到毛主席的指示，要南京军区抽调一个军到华北，当时与苏联关系紧张，以防突然袭击。父亲经过考虑，决定把二十七军调去。得到毛主席的同意后，父亲立即打电话给军长、政委，命令他们明晨乘军区派去的直升机到军区领受任务。8月的江南天气闷热，凌晨时大家睡得正香，作战、机要、通信等有关人员突然接到通知，立即赶到八十师大操场乘直升机到南京接受新任务。8月18日，他们接到军区下达的预先号令，20日接到军委电令，二十七军进驻张家口宣化地区……

留在无锡的二十七军部队进行紧张有序的准备工作，21日发出收拢部队命令，仅用37个小时，就将8个团和7个营以及12个连队全部收拢完毕。23日先头部队进发，27日八十师、军委直属部队、七十九师陆续从无锡、镇江、苏州出发，当列车经过南京时，父亲到车站送行。几十年来，二十七军官兵在父亲的带领下建功立业，培养了深厚感情，也一直是父亲的最爱。父亲喜欢一句名言：王侯将相，宁有种乎。一支军队拥有悍不畏死的精神，就能在战场上为祖国流尽最后一滴鲜血。九纵在胶东战场上与日伪军作战，真的是前仆后继、悍不畏死啊！在抗美援朝的战斗中，二十七军的八十师和八十一师联手歼灭美军七师的三十一团（北极熊团），创志愿军唯一歼灭美军一个整团的纪录，而单独作战的七十九师，更是打得美军王牌陆军一师找不到北，是朝鲜战争美军自己也承认的败绩。车站送别之时，这种经过战火洗礼的感情倍显真挚，那场面真的是十分感人……

从火车站回到家里，父亲一个人待在屋里，关上门好长时间。这种情况在我记忆中有两次，另一次是在周总理去世时，父亲也是这么痛心。

在二十七军还没有完全脱离南京军区时，当父亲得知北方已经进入冬季，干部战士演习训练和构筑工事都露宿在野外，就指示有关部门购买了一批单人羊毛毡子，发给全军每人一床，以防冻防潮。二十七军全体将士十分感激，备感亲切温暖。二十七军从苏南鱼米之乡来到了塞北高原，对这里的干燥气候很不适应，更重要的是在南方吃惯大米，吃不惯粗粮窝窝头，甚至有的战士将玉米糊糊倒了，说：怎么让我吃糨糊呢？尤军长打电话向父亲反映，并说：我们二十七军一个师在苏北农场为军区机关生产了那么多稻谷，做出了贡献，现在我们遇到困难，也不好向北京军区张口，能否支援我们一批稻谷以解决当前燃眉之急？父亲答应无偿给二十七军几十万斤稻谷，随后续出发部队一并运达。尤军长代表全军对父亲的关心表示衷心感谢，干部战士得知情况时，很多人都感动得流下眼泪。二十七军在宣化驻防期间，有一天南京军区后勤部门负责同志突然来到宣化，军里热情接待，席间问及来者有何事宜需要办理时，他说“来结算稻谷经费”。一句话，要钱。后来尤军长悄悄与父亲通了电话，说明了原委。父亲很不高兴，立即通知那位干部马上返回，说他不请示、不报告，乱弹琴！后来，再无人提及此事，事后经过就不得而知了。

11 月，八十一师也奉命北上归建二十七军。1970 年 5 月，二十七军留守处、家属全部北上，行前父亲专门到军部驻地看望了干部战士和家属子女。父亲还亲切地抱着一个小男孩，与大家一起拍照留念。时过境迁，当时的孩子们现在有的已是军级、大军区一级干部，有的大学毕业成为国家建设栋梁，他们每次看到这些照片，都无比激动和自豪。有道是“壮士非无泪，不撒离别间”，二十七军的官兵和家属怀着依依惜别之情恋恋不舍地登上了列车，不断回望着这片生活多年的土地，回望着父亲挥手告别的身影，仿佛这一刻永远定格在了那里，也定格在了官兵的心中。从此，二十七军这支父亲最信赖、最能打硬仗的部队就离开了驻防多年的江南，脱离了南京军区建制，不再受父亲的直接领导了。但是父亲与二十七军官兵几十年的战斗友谊，是永远无法割舍的，他们的心始终紧紧连在一起……

第七章　亲历“文革”

1966 年，“文化大革命”开始了。

父亲对这场“文化大革命”始终不能认同。他在行动上虽然不能反对，但一直低调而且消极抵制……毛主席曾评价父亲 4 个字：“很不理解”。

“有忠无奸不成戏”

父亲对于毛主席，无论从党性角度还是个人感情，都非常忠诚与崇敬，而且完全发自内心，没有丝毫的矫情与勉强。但“文革”到来时，他实在是茫然、困惑、无所适从了。

“文革”后，人们越来越能看清楚“文革”的最大错误，党和国家的最高权力当时面临着被篡夺的严重威胁。一伙阴谋家、野心家拉大旗作虎皮，以左派的面目出现，到处煽动造反，企图利用群众的力量把忠于党和人民的老干部整倒、整死，为他们篡党夺权扫除障碍。他们唯恐天下不乱，就是想在乱中得逞其奸。

对这场“文革”所暗藏的危险，以及那些人对党、对国家的巨大伤害，父亲也绝不是一开头就有所领悟，但他凭借自己几十年积累的斗争经验、悟性与直觉，感到国家可能要大难临头了。那一阵子，他老是讲这样的话：“自古以来，都是有忠无奸不成戏啊。”

在当时，“文革”小组一伙人在首都发起一连串大规模的游行示威和集会。他们带头狂呼“打倒二月逆流”，煽动群众打倒陈毅元帅等 7 位在怀仁堂仗义执言的副总理和军委副主席。林彪在军以上干部会议上发表长篇讲话，极力为“乱”唱赞歌，唱出了一个“华彩乐段”，即今天还在贻笑大方的那句“名言”：“‘文化大革命’的损失最小、最小、最小，而成绩最大、最大、最大。”

一股邪风吹下来，全国掀起了更大规模的打击迫害党和国家各级领导干部、冲击党政军机关的浪潮。造反派加在父亲头上的罪名不光一个“镇压造反派的罪魁祸首”，还有一个“华东走资派的黑后台”。抄家的风又刮起来，我们家被抄了两次。他们把少林寺一位高僧送给父亲的一套带图的拳谱也给抄走了，又被当作“四旧”给烧了。对这 12 本古书父亲很心痛，因为他毕竟有过一段在少林寺学功夫的经历，那套古书也是国宝级的文物。记得我在上学前就喜欢翻那些书。很薄的两张宣纸并起来是一页，是用毛笔写的繁体字。每页都配有毛笔画的画，人物是光头和尚，头上好几个点，每页动作都不一样。每次父亲见到我在他抽屉里翻这些书都很生气，都要训斥我一顿，告诉我以后不许再动这些书。他告诉我书上都是带图的武功教学，是少林真传。

照这么乱下去怎么得了？父亲陷入了更深的困惑。他每天派人穿便服到街上、南京大学和省委机关看大字报，希望多了解一些情况。听说农民也要进城造反，又听说蔬菜的市价翻了一番还多，他更加坐立不安。那时的江苏省已实行“军管”，军管会成立了两个班子，一个抓革命，一个抓生产。父亲把主管生产的领导和有关人员找来谈话。他劈头就火气冲天地嚷道：“造反，造反！造到蔬菜卖到一毛多钱一斤，工人几十元的工资怎么生活？农民造反不种粮食了，哪个给他们发工资？工人、机关干部、市民都跟着喝西北风。”发过火后，他又向“支农”的负责人交代：“现在地方政权被冲垮了、瘫痪了，讲话也没人听。你们要组织工作组到农村去，和那些还能工作的地方干部一起做好农民的工作，讲清道理，一定要把夏粮收好、秋粮种好。”

当时正常的社会秩序和是非标准全部打乱了，哪个领导敢恪守常规和真理？肯定是管事越多，麻烦越大。父亲明知有麻烦，还是当管则管。

在那段时间，南京中学生的“红卫兵”被造反派打成了“保皇派”，其中有不少干部子女，年龄都在14~18岁，组织散伙，学校停课，这些人都成了“散兵游勇”，到处是一片混乱。父亲非常担心这些孩子学坏、惹祸、出什么危险，就做主把男孩子送到军区装甲兵训练队当兵，把女孩子送到军区后方医院当兵。后来有人将此事告到中央和军委，说南京军区招“黑兵”，窝藏保守派。上面查下来，军区按照父亲的初衷写报告，说明了接受这些孩子参军的理由，结果不了了之。

这些人后来有的上了大学，成为专家学者，还留在部队的也都是中高级干部了。多亏父亲当初敢下决心，他们才因祸得福。

无锡 40 天

在打倒“二月逆流”那一阵，父亲整天心急火燎，心绞痛、神经性呕吐也犯了。

几位军区领导知道他这是对造反派看不惯又治不了，连生气带窝囊，所以旧病复发；更担心他那火暴脾气，逼急了，别再捅出什么娄子。于是，都劝他离开南京，离开这个环境，眼不见心不烦，病可能会好一些。那时，哪里都不是“文革”的死角，父亲给毛主席和军委发电，说“心绞痛犯了”，请假去大别山后方医院休息养病。军委很快复电同意。当时父亲住在无锡二十七军军部的那个小招待所。在“文革”那段时间，这个招待所几乎不住什么人。

很快，二十七军几位老资格的机关干部不约而同地发现，军部的机要秘书夹着电报夹，天天朝小招待所跑；还有军长尤太忠，经常一个人出入小招待所；再一留神，军部的保卫干部，也时不时在小招待所附近溜达。他们断定，这里“肯定住了个大官”。奇怪的是，这个“大官”从没有下楼露过面。他们猜得没错，因为父亲住在里面。

之前讲过，二十七军是父亲从胶东带出来的老部队，在那个“特殊”的年代住在这里，父亲感到放心。

进山之前，父亲招呼聂凤智和陶勇二位将军来无锡二十七军见面。聂、陶二位将军都是大别山人，三野的战将，一样的性格刚烈。

陶勇原名张道庸，红军时期，他在父亲麾下带兵多年，长征到了延安二人才分手。1938年到华东新四军后，陈毅元帅为他改名叫陶勇，去了姓，取“道庸”的谐音。聂凤智跟父亲时间较长。这一海一空二位将军，那时都还兼任南京军区副司令员，又都是军区党委常委。他们在本单位处境险恶，随时可能遭遇不测。吃饭时，父亲眼见两位老部下灰头土脸、憔悴不堪，心里非常难过，一时又想不出什么合适的话来安慰他们。三个人相顾无言，气氛压抑得很。

憋闷一阵，父亲阴沉着脸说：“无锡我待不住了，南京我也回不去，造反派冲击机关，连军队干部也有造反的了！我身体不好，已向毛主席和中央军委请假，到大别山后方医院休息。你们和我一起去大别山吧，如果部队乱了，党和国家也乱了，我们就在大别山打游击，就像当年毛主席在井冈山一样！”

此话一出，那两个老战友大惊失色，聂凤智赶紧压低声音：“上山打游击的话万万不能说，让他们知道了，会说你要造反，那可太危险了。”

“脑袋掉了碗大个疤！”父亲依然高喉大嗓。

“老聂的话是对的，上山打游击的话千万不能说。”陶勇也跟着劝说父亲。

父亲叹息无言了。

即便不提上山打游击，聂、陶二人也没法应承父亲的好意，即跟他一起去大别山。他们对父亲讲：“你可以离开，毛主席信任你。我们和你不一样，我们明知凶多吉少，也得回去！我们要是也跟你一块去大别山了，只会拖累你啊！老司令啊，我们的事，你就不要管了，照顾好自己吧。”

那天晚上，老战友们话讲得很沉重，透着英雄末路的伤感。

最后，父亲像海难沉船的船长那样，最后一挥手说：“明天各奔前程，大家好自为之吧！”

三位将军无锡分手的情景，父亲很多年之后想起来，仍然心痛不已。

很快，父亲不祥的预感应验了——陶勇将军回去没多久，就被当地造反派整死了；聂凤智回南京后也被整得死去活来。

脱身大别山

父亲被迫出走，已窝了一肚子火，又眼睁睁看着老部下一个个挨整遭难，心情极端不好。工作人员见他整天阴沉着脸，都格外小心谨慎。

父亲在南京短暂停留，交代好工作，带上常用的那把双筒猎枪。这把枪是苏联领导人伏罗希洛夫送给他的，自重轻，质量好，是他的心爱之物。

父亲脱身进了大别山。

后方医院建在一条山沟里，父亲和他的随员们就住在主楼后面的一栋楼里。起居条件一般，周围环境之幽静却是大城市不能比的。环境虽然幽静，可父亲根本静不下来。他一直关注着“文革”形势，但山外传来的消息却越来越不好。

父亲经常打电话，一打一上午，给四个军、三个省军区、两个警备区和丹嵊要塞区的领导打了一圈，以了解部队的情况。对方都知道他在休息养病，更怕他发火不好办，所以不管他讲什么，大多是哼哈以对，或三言两语应付一下。父亲却非常严肃认真，边听边做指示，并反复强调三条：“要服从命令、听从指挥，要警惕心术不正的人，军以下要坚持正面教育。”

他说《三大纪律八项注意》第一条就是一切行动听指挥，军人不准造反，哪个造反就把他抓起来。

他也经常找人来山里谈话，有时找军长，有时找政委，有时军长刚走政委就来了，反正都是“单个教练”。至于谁来谁不来、谁先来谁后来，皆由父亲临时点名，别人甭想提前摸着底。这可能也是他考核部下的一种方式吧。

在中秋节时，我和父亲通了一次电话。当时家被抄了，有家不能回，我只能暂时住在老秘书纪光家中。那时有不少大字报说我是父亲的“小特务”，白天上街还要特别小心，如果被认出来，骂我是“狗崽子”不说，有的还拿东西在后面砸我。我那时亲眼看着那些“三团二队”的造反派拉着老干部、科学家及有成就的专家去批斗，有的人因患病走不了太多路，甚至被拖死。后来这些造反派被送去“下放”还觉得“委屈”，他们应该想想当时自己罪恶的行为。“二战”结束后，在审讯纳粹战犯时，那些刽子手为了逃脱罪行，讲自己是在执行命令，但他们未能逃脱法律的制裁。任何一个有良知的人、善良的人，在任何情况下都不会做出这种丧失人性的行为吧。这种行为导致社会伦理支柱的解构、坍塌，逃脱了法律的制裁已是万幸。回想后来我去了军校，政委和政治教导员多次批评我“脸皮厚”，怎么批也不会掉眼泪，别的女学员受了批评后坐在楼梯那里，前面一堆都是眼泪……你为什么会这么麻木呢？我想可能我之前有过这种经历和历练，就算是接近“开除人籍”的批评，也可当成小菜一碟。

那次电话是在纪秘书家接的。李文卿接通电话后，父亲就把话筒接过去了，“你没事吧？你不能出事啊……”我告诉父亲：“爸爸，我很好，你放心，我没事，爸爸你也要多保重身体……”通完电话后我直掉眼泪，纪秘书和宋阿姨一直劝我。

后来李文卿告诉我，那天山深夜静，电话声音很大，他站在门口听得清清楚楚。我们父女俩久别后的对话令他感动，也令他顿悟。身逢乱世难得一见，这是弥足珍贵的人之常情啊。无论何时何地，也只有人之常情才是世界上最纯真、最美好的感情。

父亲在大别山看到保卫干事警卫班擒拿格斗，他看了两天，痒痒起来，要教大家练习少林武术，他亲自当师父。

父亲以前就讲过，少林寺学武术都是“师父领进门，修行靠个人”。领略各般武艺的路数之后，照着壁上画的动作图形一招一式去揣摩、去练习，意在恪守少林真传。父亲做一次示范，教三遍，再让他们自己练。他坐在椅子上一边看，一边耐心给他们纠正。等他们这个招数做对了，他要求他们再练 100 遍，定型定式。

一教少林武术，父亲的心情就特别好。柴副主任的儿子小胖在屋里耍棍，不小心把灯泡打碎，声音很大。大家都以为他要发火，却见他走进屋，从小胖手里接过棍子，边比画边讲：“练功要眼观六路、耳听八方、手到眼到，才能指哪打哪。”他把着小胖的手教得很认真，大家悬着的心才放下了。

教了棍术，又教少林拳，还让保卫干事组织警卫班比赛射击。为了锻炼身体，父亲还组织爬山活动。那一阵，他心绞痛也不犯了。

在大别山跟父亲习武的人同时起步，很快就拉开了距离。警卫班和年轻的保卫干事长进步迅速，一个多月下来基本上都掌握了棍术，少林拳也有明显提高。拉出来比画一下，有招有式，有板有眼。如果剃掉头发，换上袈裟，说是少林寺的武僧肯定有人信。

“七二〇”事件

相对平静的日子没过上多久，山外又刮起一场“政治台风”，来势比前几次还猛烈，这就是震惊中外的“七二〇”事件。那时到处都在抓“张再道”“李再道”，闹得各大军区无法正常工作。

李文卿考虑父亲的心情与病情，不能让父亲太烦恼，总是择要向他汇报。这次可不行了，形势骤变，他不得不详细报告了武汉发生的事情及其波及范围和程度。

出乎李文卿意外的是，父亲并没有大动声色，以乎已有准备，只讲了一句：“开始了。”

后来武汉军区司令员陈再道、政委钟汉华到北京接受批斗，武汉独立师被打成“叛军”，番号撤销，很多人被押送农场“劳改”。

还在空军罗织罪名打倒聂凤智时，林立果在南京颐和路 29 号给“林办”主任叶群打电话时就泄露了“天机”。林立果说：“南空（即南京空军）机关揭发，聂凤智的后台不仅有贺龙，还有徐向前、许世友。”叶群说：“好，继续查，要把他们一网打尽。”林立果说：“南空正在查许世友这条线，他们还在准备和地方造反派取得联系，这个要请示首长（林彪）。”叶群叫林立果等一下，“我马上问。”过了一会儿，叶群回答说：“首长让告诉南空领导，要继续查这条线。告诉南空领导，做得对，做得好，我们支持你们，军委支持你们。”

林立果与叶群通话时，总机值班排长无意中听到了他们对话的全部内容，吓得直发抖。一下子要打倒那么多高级领导人，中央有，军区也有，这不是搞反革命吗？他连忙报告南京空军保卫部，并问29号住的什么人。这个排长倒霉了，很快被关起来，逼他交代是聂凤智要他偷听电话，他不肯违心讲假话，于是被打成“反革命”。

这件事是“九一三”事件后揭发出来的，父亲虽然无从及时得知，却经常有感于“霜刀雪剑严相逼”，他很清楚自身的险恶处境。他早有被那伙阴谋家打倒的心理准备，并把它藏在“开始了”那句话的玄机之中了。

当时南京“批许大会”在紧锣密鼓地准备着，据称将有10万人参加。军区机关被围得水泄不通，机关干部无法上班。

周恩来总理得知事态严重，亲自打电话给南京的造反派头头，责令他们撤除“打许联络站”，并告诉造反派头头，“不准冲击军区机关，‘揪军内一小撮’是错误的。”

在那场劫难中，周总理宵衣旰食，鞠躬尽瘁，以最大努力来减少党和国家的损失，为保护老干部免受残害，多次不顾危险挺身而出。曾有造反派要野蛮对待陈毅元帅，周总理当道喝止："除非你们从我身上踏过去！"

这一次，周总理依然以大无畏的凛然正气来保护父亲："不许揪许世友同志，如果有人要揪的话，我一小时内赶到南京去，这不是我个人的意见，这是毛主席的指示精神。"周总理亲自打电话还不放心，又派人到南京做造反派的工作。在周总理的干预下，"打许联络站"撤了，10 万人的"批许大会"也夭折了。

应该说，许多群众造反组织中不乏起初怀着一腔热血、响应起来革命的年轻人。可是革谁的命呢？"革我们原来革过命的命"（林彪语）。这些人稀里糊涂而又虔虔诚诚、认认真真地干了错事、坏事。

记得"文革"后拍的一部电影有个情节：一位老红卫兵领着儿子去凭吊当年死于武斗的"战友"。荒郊野地，衰草枯竭，几座坟头冷落其间。老红卫兵默立坟前，良久无言。儿子问爸爸："他们是好人吗？"爸爸不回答。儿子又问爸爸："他们是坏人吗？"爸爸还是不回答。儿子再问爸爸："那他们是什么人？"爸爸终于开口言道："他们是历史。”

说他们是历史还嫌笼统，应当说他们是一段不该有的历史中不该有的牺牲品。不算英雄，不算烈士，甚至连个“因公牺牲”也没法报批。尘埃落定，只留下几座被人遗忘的荒冢。

有次在家里陪父亲散步时，他很沉重地对我讲：“我也算不上个政治家，但凭我的直觉和悟性，不能把国家和军队搞乱。这种愿望如果能被吸纳，我们国家在前进的道路上该少绕多大一个弯子啊。”

毛主席再次救了父亲

父亲常讲起的“毛主席两次救了我”，第二次就是在“文革”中。

1967 年 8 月 17 日，对父亲而言，可以说是“文革”以来一个峰回路转的日子。上午 9 点多，父亲正在看《鲁迅全集》，忽然杨成武代总长打来电话，他在电话中含蓄地对父亲讲：“许司令，我正陪‘客人’在上海，‘客人’要见你。现在，准备派张春桥同志用‘客人’的专机去合肥接你。”

父亲一怔，回答：“请报告‘客人’，我知道了。”

此外，父亲一句不多问。

杨代总长讲的“客人”，不是别人，肯定是毛主席。汪东兴当时任中央办公厅主任，这个电话他不打而要杨成武将军打是出于保密的需要。汪主任常年跟随毛主席身边，他若出面即会泄露毛主席的行踪。

我当时正随母亲在上海，住在延安饭店。当天也接到上海市委打来的电话，要我第二天一早去机场，和中央文革小组副组长兼南京军区政委张春桥一起去合肥。母亲说：这个电话可能是汪东兴主任安排的，你必须去。

第二天一早，我就被上海市委的车接到了机场，上了毛主席的专机。那是一架苏式伊尔 18 飞机，里面很宽敞，有长方形的桌子，有一张不大的床。我上了飞机后，找了个角落坐下，心中充满了好奇和激动。

飞机升空，转入平飞后，张春桥让空中乘务员把我叫到他坐的桌子对面坐下。他很客气地介绍说，这是毛主席的专机。然后，张春桥拿了一张地图给我看，告诉我要去合肥的什么位置、我们大概飞行多长时间……我当时只是一个停课以后的中学生，面对张春桥的谦虚，反而觉得非常不自在了。

在合肥机场降落后，我又跟着张春桥上了一架直升机。

直升机空间很小，张春桥坐了一个座位，我坐了另一个座位，机内好像再没位置了。但飞机已起动了，螺旋桨都转起来了，有个干部跑来请示张春桥说：“有个乘务员要上来为首长服务。”张春桥说：“算了吧，地方太小，不方便。”

不料，那位乘务员还是跑过来上了直升机。之后，她一直站在机舱一角一个很不舒服的位置。后来我听说，她也姓张，是北京四季青人。

直升机起飞后，不到一刻钟又返回合肥机场降落。原因是：原来预定 18 号到合肥，可张春桥提前了一天，想去后方医院与父亲会合，之后一起坐车来合肥。但父亲恰好也提前一天出了大别山，已入住合肥市稻香楼宾馆等着张春桥了。

张春桥见了父亲笑着说：“我这个政委，亲自到合肥接司令员来了。”

父亲淡淡地说道：“多谢。”

过了不到一个小时，飞机准备起飞了。父亲带着 4 个工作人员一起上了飞机。飞机起飞后，父亲闭目休息。

张春桥好像在想什么，便和父亲的保健医生高老谈起父亲的身体状况，打听父亲到底患了什么病，并语意双关地交代他说："许司令的病啊，你一个医生恐怕治不好，需要我这个政委和你一起治！"

我不知道父亲听到此话没有，他仍然闭目养神。

到达上海后，父亲一行被安排住进兴国路72号。刚安顿好，杨成武将军和汪东兴主任就来看望父亲。父亲要求马上见到毛主席，汪主任答应尽早做安排。

当天下午两点，汪主任来电话，说毛主席要父亲马上过去。

父亲赶往某处宾馆，终于见到了盼望已久的毛主席。

毛主席这次接见父亲时间较长，他们一直谈到下午5点多。陪同接见的还有杨成武将军、汪东兴主任和张春桥。

毛主席刚见面就问父亲："你的身体怎么样？住在后方医院还安全吧？"父亲说："报告主席，我身体还可以，大别山也很安全。"毛主席亲切地说："你要是觉得在南京不好住，可以到北京来，住到我家去！"

毛主席给父亲讲了全国的"文革"形势，父亲印象最深的是这段对话。

父亲问："主席啊，《三大纪律八项注意》还要不要啊？”

毛主席说：“要啊，《三大纪律八项注意》，怎么能不要呢？”

父亲说：“那我就没有错。有人违反纪律，我是执行纪律，我到底有什么错啊？”

毛主席说：“《三大纪律八项注意》是我军的传家宝，头一条就是‘一切行动听指挥’，部队不听招呼怎么行？军队要稳定，不能自毁长城。”

父亲还向毛主席进言：“农村不能搞‘文化大革命’啊，都造反了谁种地呀，老百姓没饭吃就糟了。”

毛主席说：“农村还是要抓革命、促生产，没有粮食不行，全国人民饿肚子更不行！”

毛主席还问了父亲家里的情况，父亲说：“主席啊，现在我连自己都顾不上，家里的事就更顾不上了。”

毛主席笑着说：“我家里也有两派，家里的事，我也管不了。”

毛主席明确讲：“南京军区党委是可以信任的，不准揪许世友同志！你回去同他们讲这话，就说是我说的。”

父亲在上海只住了一个晚上，上午抵达，下午被毛主席接见，第二天一早飞回合肥，再换汽车重归大别山。

虽然父亲来去匆匆，但受到毛主席接见的事早就不胫而走，很快传播开了。

南京军区领导机关的人忙不迭地打听情况，有的干脆“走捷径”，直接打电话问李文卿秘书，李文卿只告诉他们，毛主席确实接见了许司令并做了重要指示，具体谈的什么，我知之有限，不便多言。

父亲知道，南京、江苏甚至整个华东地区的党政军领导，都在关心毛主席同他的这次见面。他告诉李文卿，你可以打电话向“家里”讲，就说毛主席在上海接见了我，就说毛主席指示军队要稳定，《三大纪律八项注意》是我军的传家宝，不能丢！你还可以说，毛主席说“不准揪许世友”！

我曾经听《前线报》的几个“笔杆子”说过，父亲对于各种会议精神，只要听过一遍，凭脑子就能完全记住，而且提纲挈领，择精撷要。这本领，一般的报社秀才也比不了！父亲交代李文卿的三个“说”，可谓以一当十，一阵风下去，胜似多少文章啊。

大别山里的日子过得很快，父亲还住在那个后方医院。周围人都有些奇怪：毛主席接见了，心绞痛也不犯了，首长怎么还不出山？

这天上午，父亲正在楼下看战士练拳，楼上电话铃响了。李文卿一拿起电话，竟然是周总理的声音！

李文卿快步跑下楼请父亲接电话。

电话里，周总理先问父亲的身体状况，然后说：“世友同志，毛主席请你到北京来参加国庆活动，你来后可以住在毛主席家里。”

父亲激动地报告：“总理，我马上去！”

周总理接着说：“你等一下，有个老战友跟你讲话。”

停了一会儿，电话里换了一个浓重的大别山口音：“我是陈锡联啊，许司令身体好吗？快到北京来吧，我们都在北京。周总理请你到北京来，这是毛主席的意思，快来吧！你来北京后，就和毛主席、周总理住一起，住在中南海！”

父亲激动地说道：“你报告总理，我一定去，一定！”

周总理亲自电请父亲进京，陈锡联从旁边讲话助阵，这些都非常符合周总理善解人意、心细如发的工作作风。那一天，父亲感动得夜不能寐……

父亲这次进京，走得有声有势。空军方面特意派来两架直升机，先把他和随行人员接到合肥，然后换大型飞机直飞北京。

一大早，两架直升机降落在大别山区白云观前面的一块平地上。

山里人从未见过直升机，附近的老百姓，男男女女、老老少少都赶来看新鲜。

父亲已做好出发准备，却不急着登机，站在一旁，告诉警卫不要阻拦群众，他特意要他的大别山父老乡亲们靠近直升机，让他们看个够。胆子大的老乡还到跟前摸了摸，说这是铁家伙啊，这么沉的铁家伙怎能飞上天？真不懂，真奇怪！万一掉下来怎么办？

两个多小时的飞行后，飞机降落在北京西郊机场。

舱门还没打开，父亲就从窗口看见杨成武、陈锡联、吴法宪和中央办公厅副主任王良恩在停机坪上等候。

一下飞机，杨成武将军隔老远就双手抱拳，大声喊道："许师父好！"

父亲快步迎上去，双手握住杨成武的手，欢喜不尽！老友相见，父亲再次习惯性地发功，握得杨成武直叫……

父亲由王良恩陪同去中南海。在车上，王良恩告诉父亲，他是奉周总理之命来接父亲去中南海的。中央安排父亲住在过去陈老总的办公楼，西边住的是周总理，南边院子就是毛主席住的丰泽园。

父亲与周总理

中南海里面，外办的房子很多，父亲住的是个大四合院。中央办公厅还特意为父亲的这次到来加修了个卫生间。周总理知道父亲喜欢吃辣，指示给他配了个手艺不错的四川厨师……所有这一切，都是周总理亲自安排的。

第二天上午11点多，父亲与大家都在院门口站着等候，看见一个身影从西边院门走进来，大家一下就认出来了：总理，是周总理！

父亲身边的工作人员生平头一次这么近看到周总理，

觉得周总理气质风度非凡，风采夺人。即使从未见过总理的人，凭直觉也能感知看见了一位伟人。

周总理微笑着走上前，说：“我来看看世友同志。”

父亲赶紧迎上去：“总理这么忙还来看我。”

进屋后，总理和父亲谈了一个多小时之后才离开。

父亲这次在中南海住了40多天。其间，周总理先后专程来看过他三次。

有一次是中午12点半，饭后的父亲正仰靠在躺椅上休息。周总理进来时碰见李文卿在院子里。总理先问：“许世友同志在干什么？”

李文卿报告总理：“在午睡，我去叫醒他。”

周总理立刻道：“不要叫了，我下次再来吧。”

周总理摆手制止，却没有马上离开，而是微笑着和几个工作人员交谈起来，问他们都是哪里人、何时参加工作、有没有回家看看、最近一次是何时回去的、家乡情况怎么样……

周总理还背诵了唐代诗人贺知章的两句诗，“少小离家老大回，乡音无改鬓毛衰”。继之交代他们：常回家看看，不要忘了父母，不要忘了故乡！

周总理临走时再次叮嘱：你们要好好照顾许世友同志。

父亲醒来后听说周总理来过，因为他睡觉又走了，很是生气，责问工作人员为什么不叫醒他，又批评李文卿不懂事：我睡觉有什么重要？总理总是替别人着想，你为什么不想想总理的时间多么珍贵！

第二天傍晚，江青竟然过来看望父亲了。跟随父亲的工作人员也都是第一次这么近距离接触江青，她裹得比较严实，好像很怕被风吹到的样子。

江青见到父亲后，首先转达了毛主席对父亲的问候，然后开始介绍“文革”的形势。父亲讲话很少。江青大约谈了一个小时左右，临走时对父亲说：“主席让你好好休息，把病养好。”

父亲在中南海期间，江青来过两次，另外一次是送来她关于“文革”的讲话录音，顺便请父亲去看“样板戏”，父亲推说“身体不舒服”谢绝了。其实，父亲在延安时期就听说江青早年在上海电影界的老底子，一直对她“敬而远之”。但“文革”发起后，江青跻身权力核心，利用特殊的身份到处发号施令，成为祸国殃民的祸水，父亲对她只有厌恶和愤怒，却始终克制着自己的内心情绪。

西沙之战我军获胜后，江青以个人名义给父亲发来一份贺电。此时父亲已调任广州军区司令员，江青在军委又没有职务，“贺电”显然不符合党和军队的组织原则，于是父亲便决定不搭理她。当时很多人都劝父亲：江青的身份特殊，这样做会惹麻烦啊。

父亲考虑再三，这才决定，在给中央和毛主席的复电中捎带提一下“江青同志”。

不知是因为进出不便还是“文革”期间人们相互不敢多加接触，父亲在中南海的日子其实清闲得很，能够来看望他的只有李先念、王震、陈锡联和余秋里。

陈锡联来时十分有趣，他站在院子当中，向父亲介绍挨斗的经验：一个，不要发火。他们怎么骂，我也不发火，一发火就冲动了，一冲动就上他们的当了。再一个，不以个人身份答复问题，管他们怎么逼我，我就说研究研究再决定！

父亲听了哈哈大笑，夸奖他有理有节、足智多谋。

当时很多领导干部，即便没被公开打倒，也没少受冲击。所以，他们之间一旦见面，如何渡过当前的政治难关就成了必谈的话题，而且不能随便谈，如非生死与共的老友是不可放胆开怀的。

国庆节那天，汪东兴安排父亲登天安门参加国庆观礼，而且特许父亲携带一名工作人员相陪。这个美差理所当然地落到了保健医生高老身上。

高老观礼回来后，兴高采烈地说，父亲在天安门上看了一个多小时盛大游行，后来江青走来，说“有人请你到休息室”。谁请？不问也知道。

父亲进入休息室，再次见到了毛主席。

这次，毛主席与父亲谈了约30分钟。毛主席讲了他视察南方诸省的感受，还告诉父亲，“文革”很快就要结束了，嘱咐父亲养好身体，准备将来的工作。

国庆节后，毛主席在人民大会堂又召见了父亲，再次谈了话。

这次谈话的内容，父亲回到中南海之后，在散步时与陈锡联讲了。大意是：毛主席仍然是以特殊的眼光，认为“文化大革命”很快就将结束，一切都将恢复正常（当时仅是“文革”第二年）。

人民大会堂这次谈话张春桥也参加了，毛主席要张春桥和父亲搞好团结，父亲与张春桥都答应了。但实际上，张春桥和父亲根本不是一条道上的人，两人没有团结的基础。

那天，张春桥执意欲表现“落实最高指示不过夜”的精神，毛主席谈完话之后，他就不坐自己的车，非要坐进父亲的车，说要送父亲回中南海，以此示好。

可是，在回中南海的路上，只有张春桥自言自语，父亲坐在车里一句话都不讲。

外界很多人都知道，虽然父亲与张春桥一个是南京军区司令，一个是南京军区政委，但两人关系一直很僵。深层次的原因不必重复，只讲一下我所知道的两人之间的几次碰撞。

一次是“文革”初期，张春桥在上海搞“夺权”，他担心上海警备区不支持，就向中央发电报，要求调二十七军进驻上海，支持他们的“夺权”行动。

父亲对轻易调动部队，尤其是调整建制的野战军坚决不同意！

父亲连夜也给中央发电报，电文由他口述：张春桥建议不妥。如果二十七军进驻上海，将陷入群众运动的汪洋大海之中，不能自拔。我的意见，二十七军仍留驻苏南，保持战备状态。如果国际局势有变，国外反动势力对我海岸发起挑衅和干预，我带领二十七军，1 小时 40 分钟就可抵达上海，并投入战斗。

毛主席在父亲这份电文上批了“同意”二字。

张春桥因此没达到目的。父亲看到毛主席的批示后开心地说：张春桥耍鬼点子，他想把二十七军抓到手上，我在他要二十七军时就知道他要抓军权。

另一次是 1968 年春，上海市区从南京路到火车站都贴出了大字报和大标语，“张春桥是党内最大的野心家、阴谋家！”“打倒野心家张春桥！”……

张春桥得知后慌了神，立刻以南京军区第一政委的名义打电话给上海警备区司令廖政国，命令他派部队保护自己。

廖政国根据军队规定回答：动用部队必须请示南京军区。

当时，张春桥气急败坏，连电话都摔了，气道：一个“小司令”请示一个“大司令”……

不料，那个“大司令”（即父亲）得知此事更不客气，直接告诉廖政国：任何人为自己的事都不能调兵！被人贴几张大字报有什么关系啊？部队要稳定，不能扯到运动中去。

后来，张春桥向江青告状，江青则向林彪求援。林彪亲自给父亲打来电话，指示南京军区要处理好这件事。

父亲考虑再三，仍然不派一兵一卒，只给相关部队发了个电文。电文起草后呈父亲审查。电文开头就明确写道："张春桥是中央文革小组的副组长，是无产阶级司令部的人，任何人把斗争矛头指向张春桥都是极端错误的……"

父亲一看这电文就不高兴，说：这么啰唆干吗？什么无产阶级司令部不司令部的！他立刻拿起笔把开头两句划掉了，把"极端错误"改成"不对"，之后签上名发走了。

父亲在北京期间，住中南海，上天安门，多次受毛主席接见谈话……作为一个大军区领导，难得获此殊荣。

"四人帮"因为毛主席对父亲的保护，不能搬掉许世友这块磐石而将南京军区抓入掌中，于是换了阴阳两面手法。

暗中，江青让亲信放风说：许世友"犯了方向路线错误"，同时指使北京红卫兵"五大领袖"去南京声援造反派"倒许"。公开场合中，江青则说："我希望同志们对许世友同志的问题要有正确认识，不能敌我不分。这时候有股风哦，有人到处揪军内一小撮，还有人指责许世友同志一贯反对毛主席。我看呀，这也不符合历史事实嘛。对这个问题我向毛主席汇报过，主席说这是中伤世友同志。"

张春桥说："许世友同志虽然在'文革'期间犯有这样那样的错误，你们可以批评，但不能采取打倒的方针。"

父亲在中南海住了一个多月，渐渐闷得慌了。正在这时，张春桥上门来邀请，说上海现在很稳定，养病休息绝无问题，你可以住到上海去嘛。

父亲考虑上海离南京近，前去小住一阵，也好待机返宁，于是就答应了，即向中央报告，并获准。

紧接着，张春桥又是亲自打电话安排吃住，又是拨冗陪送父亲抵沪。他刻意给中央表现出南京军区“将相和”的感觉。

父亲到了上海后，军区机关离得近了，各部门领导，还有上海警备区的领导，时不时来看望父亲、汇报工作。这时，领导们难免谈到军地两方的复杂情况。

父亲不但认真听，更是刨根问底。他最关心的还是部队的稳定，以及军队内部有没有造反的。

春节后，父亲电报中央，说经过这段时间的休养，身体好多了。中央很快回电：“知道你身体得到恢复很高兴，希望你早日康复，促进南京‘三结合’早日实现。”

父亲看完电报就说：“中央这是要我早回南京开展工作。给中央发电，我们立即回南京。”

中央电促父亲的时候，南京的局面还很乱，收拾起来谈何容易。

这里只讲“三结合”一宗。干部代表是谁？很难确定。群众代表是谁？更难确定。常常是争执个没完没了，也达不成一致协议。军队代表好定一点儿，但也存在着野战军和省军区、这个部队和那个部队的矛盾。

父亲同军管会领导找三派群众造反组织的头目开会，要他们认清形势、顾全大局。但各派之间结怨太深，好不容易凑到一块，也是大吵一场不欢而散。

有一本书中写父亲对“笔杆子”们讲：“别看你们是秀才，打仗你们不如我，就是到了复杂的政治风浪中，你们也不见得比我强。”可能是杜撰，但意思倒不失真。在解决“三结合”的问题时，父亲的经验的确丰富，一看“风云会”不解决问题，马上改唱“走单骑”，一派一派分开做工作，有时还找主要头头或思想抵触大的头头个别谈。每次个别谈话，不管对方多么拧劲，父亲都耐心地讲道理，从大局切入。

他说，江苏处在东南沿海，是战略要地，敌人认为我们内部乱了，对我们虎视眈眈，这个大局你们要考虑。你们也要防止有人有意制造分裂。江苏4700万人要穿衣吃饭，继续军管就不适应形势发展了。如果只为本派和个人利益斤斤计较，就可能被群众淘汰，变成“狗熊”。他讲得入情入理。有的话绵里藏针，既有说服力，又有震慑力，大家还从来没见他这么耐心过。

半个多月，晓以大义加上“软硬兼施”，两派总算能坐在一起了，争执的问题也趋向一致，“死疙瘩”开始松动。没有地方干部不叫“三结合”，地方干部太少了也不行。有人提出彭冲行不行？彭冲原为江苏省委分管宣传教育的书记，“文革”开始两派都斗他，不久就被打倒了，这时反倒两派都能接受。许家屯是较早站出来支持“八二七”的，但“红总”抓他的“历史问题”，指的是抗战时游击队被打散，他躲在一个地主家里，还和地主的女儿结了婚，而且在此期间脱过党，革命立场不坚定。许家屯以为父亲不同意结合他，一直耿耿于怀。后来父亲调离南京军区，他“反许”反得最起劲，其实他根本不知道自己的名字究竟是怎么从“三结合”的名单上抹掉的。

1968年3月20日，中央批准江苏省革委会成立。5月的一天，父亲再次进京见毛主席。这次，父亲是不请自去，而且急如星火，因为他感到事关重大。

事端出自造反派清查敌伪档案。他们从新中国成立前的报纸上翻出一则《伍豪等二百四十三人脱离共产党启事》，造反派中的一些人如获至宝，说：伍豪就是周恩来！

相关材料层层上报到父亲那里。父亲对这一历史事件毫无所知，他的第一反应就是担心别有用心的家伙要借此整周总理。父亲首先严令：此事绝对保密，涉密范围绝对不准扩大，知道的人越少越好。

之后，父亲立刻带着李文卿赶到北京。

父亲刚在京西宾馆住下，马上给汪东兴主任打电话，请求见毛主席，而且要求“越快越好”。

5 月 4 日凌晨两点，汪东兴主任来电话，要父亲即刻去毛主席住地，只准李文卿一个人陪同。

按照汪主任交代的路线，派来接父亲的车从西门进入中南海，来到怀仁堂门口。父亲下车后，早有一辆红旗轿车在等待。父亲又换乘这辆车，三转两转之后，停在一座房子面前。这里门扇很高大，四周很安静。

进入门厅，一个中年人迎上前来，自我介绍，他叫徐业夫，是毛主席的秘书。徐业夫说：“李秘书，你就在这里休息一下，许司令跟我进来吧。”

这次见毛主席，谈话时间较长，约两个小时。出来时毛主席见到李文卿是个生人，就朝李文卿走过去，微笑着主动伸手。父亲赶紧介绍：“这是我的秘书，叫李文卿，山东人。”

当时李文卿毫无思想准备，激动得不知如何是好，想说的话都堵在嗓子眼里，一句都说不出来。还是毛主席问他：“什么时间参的军？山东哪里人？”

快到大门口，父亲再三请毛主席留步，但毛主席一定要送到大门外。

汽车缓缓开动，父亲从车窗朝后看，毛主席竟然还站在大门口向他招手告别呢。

后来从正式渠道了解到，所谓《伍豪等二百四十三人脱离共产党启事》完全是国民党特务机关一手伪造的。然而父亲的担心还是成真了，这一段本当以核心机密归档的历史记录，竟然被江青翻腾出来，当作打倒周总理的利器。

江青当时给林彪、康生写了一封信，信中写道：查到一个反共启事，为首的是伍豪（周 ××）。并附上那个启事的抄件。江青矛头直指周总理。

由 5 月 4 日毛主席同父亲那次谈话之后，竟然又引出了 5 月 8 日毛主席接见几位副总理、老帅和“文革”碰头会成员时的另一场谈话。

毛主席说：像许世友同志这样 60 多岁的人，都不知道“伍豪启事”，可见这是敌人伪造的，要了解当时的历史真实情况，其实是很不容易的。

毛主席这番话，进一步廓清了国民党特务机关残留下来，又被“四人帮”恶意扩散的乌烟瘴气。

患难战友情

有部电视剧叫《亮剑》，获得了很高的收视率，里面的主人公李云龙的原型之一，就是父亲的老部下、南京军区的王近山将军。

王近山绰号“王疯子”，在战争年代是父亲手下的得力战将，1955 年被授予中将军衔。20 世纪 60 年代，由于“作风问题”他受到开除党籍和降职处分，被下放到农场工作。

王近山所在单位的人们对他比较敬重，行事也讲道理，因此“文革”中没有折腾他，反而还很同情这个为人民打天下多处负伤的老红军。当地领导经过调查摸清底细，认为以前对王近山处理得太重了，就帮助他写了申述材料。材料有了，怎么往上送呢?

王近山想到了时任南京军区司令员和江苏省革委会主任的老上级许世友，便辗转把申述材料寄给了父亲。王近山在那封信里主要并不是讲自己有多么冤屈，而是讲他岁数不大、身体还好，梦中都想再度成为军人，跟父亲重上战场、为国立功！

父亲收到信后心情很沉重。与此同时，父亲还收到另一位 1955 年被授予中将军衔的周志坚将军的信，情况大致相同。父亲一直记挂着这件事。

王近山照

正巧，在北京开会时，毛主席在中央政治局会议上又讲到了准备打仗，还谈起老同志犯错误问题。父亲见机会来了，立刻进言说：主席啊，有几个战争年代很能打仗的人，现在日子很不好过，请主席过问一下。

毛主席笑着问：“这几个人是谁啊？”父亲马上报上王近山、周志坚二人的名字，说：“他们虽有错误，但处理太重，应该恢复职务，给予工作机会。”

毛主席又问：“让他们到哪里工作呢？”

父亲赶紧答：“他们两人我都要！”

毛主席问康生：“许世友同志想要这两个人，是不是给他呀？”

1967 年秋，王近山在河南西华黄泛区农场家门口（万仲翔　摄）

1967 年秋，王近山在河南西华黄泛区农场任副场长，和知青万伯翱（左 1）等人在王家住宅前合影（万仲翔　摄）

康生说：“他们两个都被开除党籍了，不是党员怎么回部队当领导嘛。”

父亲话接得很快，马上说：“江苏、安徽两省都成立了生产建设兵团，是不是可以让他们先到生产建设兵团过渡一下，恢复党籍之后，再调军区机关，视情况安排相应工作。”

毛主席吸着烟微笑了，陷入沉思……

三个月之后，王近山就接到通知：到南京军区报到！

父亲特意让王近山的两位老部下肖永银和尤太忠将军

亲自去火车站接站。

王近山下车时，手里拎着几只老母鸡和大包小裹的土特产，后面跟着老婆孩子，一家人完全像走亲戚的老农。其贫寒之状，简直令人不敢相信眼前这人就是那个英俊潇洒、曾令敌人闻风丧胆的青年将领。

王近山来到南京军区的AB大楼，父亲早早在此等候为他摆酒接风。那次欢迎宴上，王近山哭得像个孩子……

又过了一年，王近山将军的党籍恢复了，就任南京军区司令部副参谋长；依照父亲的安排，分管作战。

我记得王近山刚到南京一个星期吧，那天下午我回家时，见到他陪父亲在院子里散步。父亲见到我高兴地说："过来见见，这是你王近山叔叔。华山啊，今天你要好好敬他一杯酒。"

在晚餐时，我依照父亲吩咐敬了王叔叔一杯酒。一杯刚尽，没想到王将军竟然说："来来，我们连干三杯！"

我当时真没想到会这样，因为到我们家里来的客人，从没有这么主动提出连干三杯的。父亲说："干！"

我喝完那三杯酒，觉得嗓子火烧火燎的。

两天后我在李文卿办公室里见到了王将军的儿子曼曼，他正跟李文卿讲："我爸爸根本不会喝酒，前天晚上回去后吐到半夜……”

我当时就明白了，王将军豪爽义气，那三杯酒，是他表达感情的方式。

后来八大军区对调，父亲到了广州军区。这期间王近山将军因病住院检查，诊断是胃癌。父亲非常挂念他，专门派当时的秘书马寿生到南京看望他。

当时“四人帮”又在南京发起了新一轮的“倒许”运动，马秘书还要防止被太多人看到，又搞出什么麻烦。

王近山做完手术后一直在家里休息。那天马秘书去时，他正坐在床上，一看马寿生秘书就讲：“哎！马秘书，你怎么来了？”

马秘书说：“许司令听说你病了，他很关心，让我专程代表他来看看你。”听到这句话后，王将军大颗的眼泪掉下来……

马秘书回到广州向父亲汇报当时的情况，在场的人都很心酸和感动。

在王近山将军弥留之际，父亲急了：他不能让老战友按照目前这样被降贬的待遇“走了”。于是他给军委负责人又是打电话又是发电报，强烈要求恢复王近山原有待遇。

也许是因为父亲的强烈要求，也许是一次“特殊中的特殊”，中央军委赶在王近山逝世前下了命令，任命他为南京军区顾问。

1978 年 5 月，王近山将军逝世了，追悼会开得很隆重，这件事也让那些了解内情的老干部们很感动。

“文革”尚未结束，老干部们仍然人人自危。那些日子里，父亲不避风险，不怕牵连，一次又一次向遭受迫害和受到不公正待遇的干部、群众及其亲属伸出援手。

东海舰队司令陶勇和他的妻子被整死后，他们的 8 个子女都来过我们家。之后，父亲亲自安排他们参了军。

这事，还得从父亲与陶勇在无锡分手时说起。

陶勇将军回驻地，没多久就被军队造反派整死了，他的夫人朱兰阿姨也被专案组害死。父亲听到消息后，心里痛苦极了，连续好几天都不说话，茶饭不思，一个人待在房间里沉思默想。

有一天，南京军区装甲兵司令员肖永银接到二十七军军长尤太忠从无锡打来的电话：“老肖，你好啊，你到我们这里来玩玩吧，我们这里蛮不错的！”

肖永银接到这个电话后便心领神会，愉快地接受了“邀请”。他明白，尤军长身后一定站着南京军区司令员许世友。

果然不错，肖永银一到无锡，尤军长见他就说：“许司令找你，快去吧！”

肖永银被带到父亲的办公室，父亲见面就甩出一句话：“一定要把部队稳住！”

肖将军告诉父亲：“司令放心，坦克部队稳如磐石。”

这时父亲的心稍稍轻松了一些，然后跟他说：“听说陶勇的8个孩子在到处流浪啊，怎么办？浴血奋战一路走过来的战友就这样没有了，你是不是把他们的孩子收起来啊？把他们送去当兵，保护起来。”肖永银将军当时就承诺，一定安排好陶勇将军的几个孩子。

后来，陶家男孩都送到了坦克部队，女孩也安排到了后方医院。当时很多被打倒的干部知道南京军区有这样一块“净土”，纷纷把自己不能保护的孩子送来。

事隔很多年，有次肖永银将军到家里来，他在院子里陪父亲散步时对我讲：“当时尤军长把陶勇同志的三个孩子转交给我时，看到这几个孩子衣服破破烂烂，面色青黄青黄的，最小的只有13岁。我虽然也算久经沙场，看见这情况，也心酸得不行啊……”

被打倒了的老干部的子女们一旦住进家里，可以说就是住进他们自己的家，父亲对他们完全视如己出。

那时，我家是军区领导和省委几乎每天开会和谈事的地方，陶勇将军被定性为“现行反革命”“畏罪自杀”，但他的子女就在我们家里生活着，吃住都和家人一样。

李文卿担心每天来往的人多，“现行反革命”的子女和我们同在一起食宿，传出去会给首长带来负面影响，劝父亲安排这些子女住进军区招待所。

可父亲说：“就算父母有罪，子女也无罪，他们就住我这儿！”

当时，陶勇叔叔的女儿毛头，并不知道母亲朱兰阿姨已被害死了，天天想妈妈。父亲怕她心里承受不了，严肃叮嘱我们：“不许走漏风声。”有一天毛头眼泪汪汪地跟父亲说道：“许伯伯，我昨夜又梦见妈妈了，我好想回上海看看妈妈……”

父亲安慰说：“现在太乱了，等过段时间再回去吧，你妈妈不会有事的。”

我当时在场，听了这话实在控制不住自己，赶紧跑到院子里偷偷掉泪……事后，我还被父亲批评了一通：“真没用，这么不坚强。我要是死了，你也崩溃吗？崩溃管什么用？”

不久就有人告到中央，说父亲包庇“反革命”子女……中央特意来人查问父亲此事，父亲告诉那人：“陶勇同志的问题还没调查清楚，不能做最后结论。就算父母有罪，也不应该罪及子女。”

在那乌云压城的年代，像父亲这样处理问题和这样讲话，是需要无畏的精神和勇气的，因为弄不好自己也会遭难，何况“四人帮”一直在找他的罪名呢。

南空的聂凤智侥幸逃脱一死，被空军送去外地“劳改”了。父亲得知后，赶紧派保卫干事去他家找他的妻儿老小。不料，聂凤智全家都已被扫地出门，连家门都给封了，到哪里去找呢？

父亲令人几番打听，都说不知搬到哪里去了。于是，父亲便命令保卫干事每天上午在聂凤智原来家的附近转悠、寻觅，暗中打听……大概持续了一个月时间，终于有个摆小摊卖烟的老人问那保卫干事为什么每天在这里转悠，保卫干事见那老人朴实，就把情况讲了一下。这位卖烟的老人悄悄提供了一处地址，保卫干事才在一处偏僻的小平房里找到了聂夫人何鸣。

父亲为了寻找旧部的亲人，竟然不得不像地下工作者一样！

父亲立刻让人把何鸣接到家中，准备了丰盛的酒宴，与母亲一起款待她。席间，父亲安慰她，说聂司令一定会回来，并向她“约法三章”：第一，不准自杀，要坚强；第二，聂凤智我了解，问题总有水落石出的一天；第三，今后有什么困难，直接来找我，也可以找田普。

我妈妈原名叫田明兰，在20世纪50年代中期一次联欢晚会上，由杨勇将军介绍给毛主席，毛主席问母亲叫什么名字，母亲回答：“叫田明兰。”毛主席问：“是不是种田的田？”母亲说：“是。”毛主席讲：“那就应该是田地普遍。”从那以后母亲就改名“田普”了。

聂夫人伴着泪水对父亲讲，先前，父亲从造反派手中把聂凤智抢出来，救了老聂一条命。后来，聂凤智又被打成“三反分子”，他们全家都跟着遭了殃，在军内外备受歧视和欺辱，她自己也被送到合肥五七干校变相“劳改”，她确实不止一次有过自杀的念头……在危难之际，父亲还能不忘记老战友，而且这么真诚地挽救他们，如果没有这些，他们活不到今天。聂夫人认为，这不仅是一种感情上的慰藉，更是一种政治上的信任。何鸣由此感动得不得了，这件事，她一直讲了几十年。

父亲在自己的情况相对稳定后，首先想到的就是寻找军区空军方面的战友。父亲向中央点名要几位无辜罹罪的领导干部，除了聂凤智，还有南京空军副司令柴勇、武汉空军副司令黄经深和空军某军政委张小虹。这几位都是父亲的老部下，都是有战功的将领。

当时北京某方面只是答应了解一下，可就是拖着不办；被父亲催促急了，只得同意让柴勇、黄经深从劳改农场返回南京。

父亲提前打探出柴、黄两家抵宁的车次，立刻要李文卿带管理局、保卫部的人去接站，以免出现意外——当时，什么情况都可能发生。父亲还特意派出一个警卫班，隐蔽在车站待命，随时调遣。

果然不出父亲所料，李文卿他们到站不久，南京空军方面也派人来接了。他们想把柴、黄两家接去继续“交代问题”。

李文卿走过去，强硬地告诉他们：“我是南京军区党办的李文卿，我们接人，是奉军区许司令的命令，你们就不必辛苦了。”

那些人一看这阵容、这架势，火车还没有进站就先撤走了。

事后保卫部李书和部长和李文卿谈起这事，都佩服父亲有先见之明，精细过人。如果柴、黄二人被接回到曾打倒他们的地方，不知又会遇上什么样的麻烦。

父亲交代李文卿他们去接站，自己先到AB大楼等着。他让人准备好一桌饭菜，给柴、黄两家洗尘压惊。

李文卿他们接站回来，刚一进门，柴勇和黄经深就像久别亲人的孩子，抱着父亲放声大哭。在场的人都从来没见过几十岁的人哭得那么伤心，真的是“男儿有泪不轻弹”啊！他们好一阵才收住悲声，洗把脸吃饭。边吃边谈时，谈到如何挨整挨斗，不免又伤心起来。父亲说：“不谈这些事了，吃饭，吃饭，开开心心地吃！”

中共九大开会期间，原总长粟裕大将忽然给父亲打来一个电话。粟裕伯伯那时的处境很不好，老母亲住在南京，生活各方面都有困难，希望父亲能帮助关照一下。父亲在电话里仍以粟总长相称，满口答应，请他放心。放下电话后，父亲就让李文卿通知军区管理局，即日起，军区就要把粟裕母亲的生活管起来，还让管理局局长王桂生立刻亲自去看看老人有什么需要。

父亲会罢回到南京，第二天又把王局长叫来问情况，并交代王局长：先给老人治病，再解决她家的其他问题。

安徽省军区司令员严光、政委宋文都是老红军。战争年代一个失去一条腿，一个手臂致残。在“文革”中，他们为省委主要领导讲了几句公道话，被造反派告状。“四人帮”说他们是“保皇军”，是运动深入的“绊脚石”，把他们弄到北京，名为参加学习班，实则挨批斗。父亲知道了他们的下落和情况，出面为他们讲话，说这两个人为革命流过血，一个甲等一级残疾，一个甲等二级残疾，生活自理都很困难，拉去批斗，他们怎么挺得过去？父亲的意见反映上去后，严光和宋文很快从学习班毕业，调离安徽省军区，另行安排了工作。

但是平反聂凤智的冤案，父亲还是心有余而力不足。父亲多次向空军要人，空军方面一会儿讲没找到，一会儿讲没结案，一会儿又讲聂是“三反分子”不能放。父亲在电话中对吴法宪讲：“这个人我了解，苦孩子出身，打仗很勇敢，没有毛主席、共产党就没有他的今天，他热爱还来不及呢，哪会反党、反毛主席？”吴法宪说：“许司令啊，聂凤智自己都承认了。”父亲一语道破：“那是屈打成招！”吴法宪说：“那是他自己写的交代材料，如果你不相信，可以派人来拿回去看看。”父亲派保卫部李部长进京拿材料，拿回来的不是什么交代材料，而是聂凤智读过的四卷本

《毛泽东选集》。给书的人说："聂凤智的'三反'言行都在这几本书上。"父亲要李文卿先看。李文卿从头看到尾，未发现什么"三反"言行，书页上的眉批、旁批写的全是学习《毛泽东选集》的心得体会。

父亲听李文卿一讲，拿去仔细地翻了两遍，说："真是欲加之罪，何患无辞！"空军不放聂凤智，父亲直接找毛主席，因有林彪作梗，也没起什么作用。

直到"九一三"事件后，才知道聂凤智在广西一个农场"劳改"。

父亲派保卫部长去接。保卫部长到了那个农场后，农场管事的却讲：聂凤智是上面交代的要犯，他们不敢放人，放了担当不起这个责任。

父亲正在北京开会，立即找中央反映。两天后，军委同意聂凤智回南京。父亲电话指示管理局局长和总院院长去接站，说："接到总医院先检查身体，找个地方住下来，要注意保密。"

聂凤智跳出苦海，安顿下来。父亲开完会，回到南京，马上宴请聂将军全家，庆贺他重新获得自由。聂将军为人豁达，大难不死，而且越发想得开。几杯酒落肚，脸红耳热之际，老战友互开玩笑。父亲打趣说："你看你，当初我叫你跟我一块去大别山，你不干，非要回去当英雄，结果当了‘狗熊’。”

聂凤智感叹：“老司令啊，你能当英雄是因为毛主席保你啊！那些老帅们哪个不比你厉害，结果怎样？”

父亲不接这个话题，只叫“喝酒，喝酒”！

父亲再问：“这几年你是怎么过来的？”聂将军说，他虽然被整得死去活来，但相信总有一天会搞清楚强加在他头上的问题。他始终牢记一条：不能自杀，不能死，要活下去！如果自杀了，正上了他们的当。后来他被送“劳改”，每顿饭前要请罪，讽刺挖苦天天有，打骂也是寻常事，每天还要挑水。

说着聂将军端着酒杯站起来向父亲敬酒：“老司令，感谢你为我和我们家操了不少心，我全家敬你一杯！”

酒盅凌空相碰，悦耳的声响显得清亮，袅袅不绝。

聂凤智说：“不管在哪里，天底下还是好人多！我在农场‘劳改’时，就遇见了不少奇事。一天中午吃过饭，很累，把汗渍渍的军衣搭在铅丝上晾着，准备午休起来再穿。躺在床上迷迷糊糊刚要睡着，见一个人把我的衣服悄悄摘走了。我想，这是什么人，破军装也偷，拿就拿去吧，没管他，就睡着了。起来时一看，铅丝上仍有一套军装晾在那里，洗得干干净净，不知谁做的好事。我穿着干净的衣服又去挑水，挑了个把小时，口渴了，拿挂在树枝上的水壶喝水，一喝，不是水，是酒。我毫无思想准备，一口就喝呛了。休息时，掏挎包拿烟抽，一摸，有两个咸鸭蛋。你说好人多不多？至今也不知道这些好人是哪个。”座上有人插话：“真该好好谢谢他们。”聂将军摇头叹道：“哪里去找哟。当时他们不肯见面，现在就更不会见了。”中国老百姓的本性真是善良。

像聂凤智这样的老将军，之所以能忍常人所不能忍，挺过“史无前例”的一场大难，除了多年在战场上练就的顽强意志，主要还是靠个人的坚定信念。无论个人处境多么险恶，他们始终坚信着真理和正义，相信我们的人民忠诚于真理和正义。在他们身上有忠诚、有信任、有理想！无论过去、现在还是将来，一个人的信念中如能有这些做支点，那他一定是“威武不能屈，富贵不能淫，贫贱不能移”！

在九大期间，林彪、江青一伙在主席台座位安排上做文章。毛主席在会前就讲过：“二月逆流”不要再提了。但林、江故意把总理和开国副主席等搞到毛主席右边坐着，他们则坐在主席左边，故意给人们造成“左派”“右派”的印象，加剧党内分裂。

会议期间，陈老总分在华东组。这位昔日叱咤风云、气冲云霄的陈老总，已被整得瘦了一圈，衣服肥肥大大的，看上去很不合体。每次华东组开会他都到得较早，在后排找个不显眼的地方坐下。当时很少有人去和他打招呼，连当年新四军的一些老部下都对他敬而远之，唯恐避之不及。那些造反派故意冷落他，一些过去很近的老熟人迫于压力也不敢接触他，把他一个人晾在角落里。

当时周总理和父亲到会时和陈老总握手问候，希望他多保重身体。开会时，张春桥、王洪文及其喽啰们在讨论发言中不断含沙射影、恶语攻击，说他“老机（机会主义）、一贯右倾”等。

真是“龙困浅滩遭虾戏，虎落平原被犬欺”！父亲实在看不下去了，回到京西宾馆后，韩先楚将军来看他，他对老战友说起在打孟良崮战役时和陈老总的接触，陈老总那特殊的幽默风格，父亲一直记忆很深。第二天开会时，父亲拿着两包头天晚上就准备好的、南京军区自己制作的毛主席像章，在会场上当众走到陈老总跟前，送到陈老总手里，还向老元帅敬了一个军礼。父亲表达了一个军人对陈毅元帅的敬重，同时还给予陈老总一个久违的尊严。陈老总接到礼物后，两只手握住父亲的手，激动地说：“许司令，谢谢你！谢谢你！”

《知青之歌》任毅案

在南京，曾有个下乡知青写了首《知青之歌》，他的名字叫任毅。这首歌一度流传全国，后来连苏联的广播电视台也在放这首歌。这下惊动了“四人帮”。江青、张春桥硬说此人煽动知青对无产阶级专政和社会主义制度的不满，将这首歌定性为“反动歌曲”，并且下令追查，将任毅处以死刑。

这首歌内容上只是表达了当时年轻人的内心激情和燃烧着的一种青春火焰。

革委会将此案卷全部批示完后，最后上报到父亲那里，只待父亲一签字，任毅就死定了。

那天，父亲把案卷看了又看，让管政法的干部到他办公室，生气地对他们说：“一个知青娃子，十八九岁，又没有什么前科，怎么能说杀就杀？！”

父亲批示：“该人年轻，个人历史简单、清白，当无死罪。”

父亲大笔一挥，指示将任毅教育释放。这件事，在当时的政治氛围里几乎是一个奇迹。

但父亲的这种正义之举可把江青、张春桥给得罪了。有一次，张春桥在政治局会议上和父亲发生了冲突，他还把此事提出来，以此为证，说父亲包庇“反革命”。

当时，革委会里很多人都不理解，说任毅是江青和张春桥他们钦点的要犯，父亲完全没有必要为一介草民去得罪权力已达到顶峰的“四人帮”啊。当时，甚至连侥幸活下来的任毅也不理解，不相信这个奇迹竟然发生了。

但我了解，父亲骨子里有军人强烈的正义感和勇气，他一贯不畏权贵，关爱那些善良和弱小的百姓。他做这件事完全不在意自己的安危，只是出于对国家、对人民的爱，以及对“四人帮”的不满。

最令我感动的是父亲去世前的几个月。一天，他对我说，要去南京艺新丝织厂看看。我诧异地问：“你身体这么不好，干吗还要出门，就为看一个厂子？”父亲说：“过去我从‘四人帮’枪口下救了一个知青娃子，我记着，他好像是那个厂子的人，我想去看看。”

我为此感动和惊讶：父亲已经命悬一线，竟然还牵挂

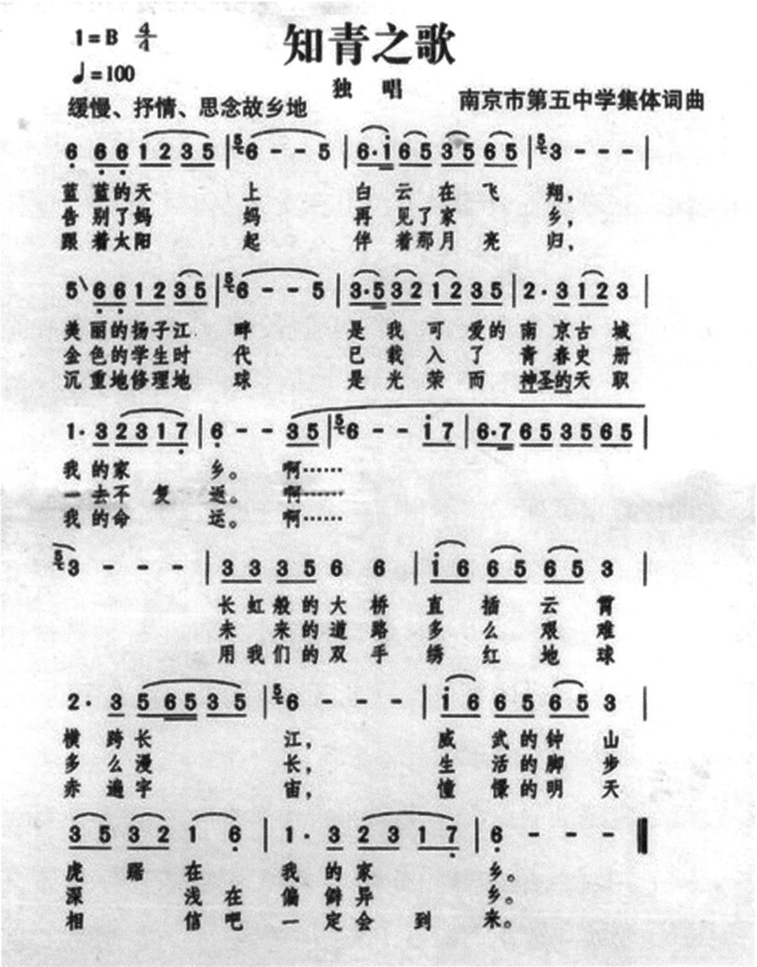

任毅的《知青之歌》歌词、歌谱

我与任毅合影

着一个普通百姓。要知道，父亲这辈子救过的人不知多少啊！我问父亲：“那个知青知道你要去吗？”父亲微笑：“不知道。我去了，他也不一定认识我。”

那天，我陪父亲去了那个厂子。厂里领导对父亲的突然到来显得不知所措，还有几分慌乱。我明白，他们诧异的是：这等大人物突然来干什么？为何没接到任何通知啊？

当时的副厂长胡居良接待了父亲。在参观展品陈列室时，父亲看到那琳琅满目的产品，连声说：“好看，好看！”父亲尤其对一种图案是花瓶的挂毯看了很久，看样子很喜欢。在一旁的销售科的干部说："许司令，你喜欢这花瓶毯吗？我们送给你！"父亲立刻拒绝："不行，不行，那是犯错误。"

那天任毅正好出差去了。父亲在厂里参观了将近一个小时后，没见到他。父亲在大家的劝说搀扶下，最终坐车离开了工厂。

在回去的路上，父亲在车中自言自语地说："他不在厂里，他不在啊，也不知他过得好不好……"

我当时极力克制着自己，才没有让眼泪流下来。父亲生命时光所剩无几，他还在关注那个当年被他从枪口下救出的"知青娃子"。

父亲去世后，任毅分别于1987年、1994年和2009年去为父亲上坟，寄托他的哀思，感谢父亲的救命之恩。在2010年清明节，江苏各界知青组织了"许世友故乡行"活动，任毅也是组织者之一。开始是自愿报名，后来因为人数太多就确定了200人。

三辆大客车一直从南京开到了父亲的故乡。到县里一看里程表，竟有530公里。在这些老知青祭拜父亲的那天，天气异常阴沉，灰蒙蒙的天空上没有一丝阳光。当任毅他们拉出横幅，在祭台上为父亲倒满茅台酒时，奇怪的现象出现了：那阴沉许久的天空突然放晴，一缕缕阳光从厚厚的云层里透出！顿时，高高的大别山，不远处的许世友故居，以及故居前面的墓地，全部沐浴在灿烂的阳光中！连陪同他们的馆长也惊呼道：“奇了怪了！”

在这灿烂的阳光下，任毅他们举行了拜谒仪式，并在墓前展示了那首《知青之歌》。祭奠与叩拜完毕，老知青们将歌纸焚烧，献给九泉之下的父亲。当他们的祭奠活动结束后，刚才灿烂的阳光又再度收敛于厚厚的云层中……

当后来任毅把这个故事告诉我时，我心里有种说不出的感受，我并不迷信，但我坚信天道人心。我想，或许是父亲看到这么多的知青来看他，高兴了，拜托上苍之力表示谢谢吧。

清查“五一六”

1969 年 9 月下旬的一天黄昏，父亲正在院子里散步，李文卿办公室一号台保密电话铃响了。北京找父亲讲话，李文卿赶紧请父亲来接。

父亲接完电话，告诉李文卿，有重要客人来南京，让他速去中山陵五号，并告诉饭店领导，打开一号楼的门窗通风。

毛主席的专列直接开抵军区指挥所坑道口。珍宝岛事件后，军区修了这条专用线。

父亲上车去见毛主席，李文卿陪同中央警卫团的一位副参谋长去看房子。看过房子后，说房子靠后山太近，潮气重，门窗长期关着，霉味很大。其他条件还算满意。

中山陵五号不宜下榻，毛主席在专列上住了两天。

毛主席的一日三餐都在车上吃，伙食很简单，但得有辣椒，主席还爱喝一点儿鲫鱼汤。父亲知道了，自己去池塘撒网打了七八斤小鲫鱼，趁着鲜活用铁桶送到专列上。

新建成的南京长江大桥当然是要参观的。父亲陪着毛主席乘车从大桥南头转到北头、从桥上转到桥下，仔细看了一遍。晚上再来看夜景时，毛主席下车走了一段，边走边赞扬，还吟诵了他的著名词章《水调歌头·游泳》。为了安全，整个过程实施了戒严，但大桥上又不能没有人，军区便组织机关干部和家属上桥看夜景。人们正纳闷为什么突然搞这个活动，一看见毛主席，莫不喜出望外，欢呼声响彻夜空，大家都纷纷往桥上奔去。警卫人员担心出事，但又不好制止。

送走了毛主席，父亲才感觉有点儿累，一天没外出，也没有开会。

“文革”中波及全国的清查“五一六”运动，实际上是一场随意制造的阶级斗争，很多干部和群众无辜获罪，枉受牵连。所谓“五一六”运动，原指北京一个名为“首都五一六红卫兵团”的极“左”小团体。他们打着贯彻中央 1966 年 5 月 16 日通知的旗号，建立秘密组织，进行秘密活动，散发反动传单和标语，恶毒攻击周总理。北京广大群众对他们的恶行极为愤慨，纷纷自发予以反击。没多久，这个组织就被清查出来，为首分子被公安机关逮捕，问题基本上得以解决。

可是两个阴谋团伙接过清查“五一六”的口号，同时提出：阶级斗争是很复杂的，反革命秘密组织绝不是只有一个“五一六”。这实际上是促使人们去抓更多的“五一六”，以达到他们不可告人的目的。种种原因搅和在一起，竟然引爆了一场迅速推向全国的大规模运动。

“五一六”的罪状之一是矛头对准军队。因此，江苏省的清查开始只抓了“好派”头头，因为他们被认为是“反军”的。后来“屁派”头头也被抓了，因为他们搞过打砸抢。随着“深挖”，支持这一派、倾向那一派的军地两方领导干部也陷了进去。

从上到下，又从下到上，风声鹤唳，草木皆兵，造成了一种怪异的气氛。有的单位几乎人人争着上台“坦白交代”，唯恐落后被怀疑或者被别人供出来，觉得只有自己承认是“五一六”分子才有安全感。个别人上台“坦白交代”时显然是在表演，却还受到了鼓励和表扬。既然是个“秘密团体”，光给自己戴帽不行，还必须举报“同党”才能“立功”。于是你咬我、我扯他，一批批、一串串，一些专案负责人也被咬上，昨天还在抓清查，今天就靠边受审查。

有个省级干部被押送中央专案组前，省里管清查的领导找他谈话说：“你交代了那么多人，你要负责任。”他说：“我小孩七八个，当然要负责任。”一到北京，马上翻供改口，说自己不是“五一六”分子。问他为什么讲假话，还咬别人？他说，逼供信那么厉害，我不得不讲假话。

逼供信造成的恶果，父亲起初一无所知。那天他去中山陵林业学校，有人对他讲，他们单位90%以上的人都是“五一六”分子。

父亲一听就火了：“胡来！毛主席说90%以上的干部和群众都是好的和比较好的，哪有那么多的‘五一六’？

‘五一六’只是极少数。我看抓‘五一六’的人就是‘五一六’！”

省革委会副主任蒋科在盐城了解情况后，回来向他汇报，说盐城不少单位清出的“五一六”分子占总人数的40%。

父亲说：“这不是扩大化吗？”事态发展显然有问题。

江苏省军区司令赵俊早已“靠边”，现在又被咬上了“五一六”。

赵俊是红四方面军的老人，20世纪30年代从安徽六安加入红军，新中国成立后曾任南京军区副参谋长，父亲对他很熟悉。父亲很想让他讲出原因后关照他，告发他是“五一六”的人主动要求和他当面对质。胡咬乱供使这些老同志无辜受牵连，父亲的心情也很矛盾。这些人跳不出“宁信其有，不信其无”的窠臼，可这些老同志实在没有问题可以交代，又不肯违心招供，父亲的一厢情愿碰上了一个接一个的“顽固不化”，弄得他越发恼火。

后来几位军区领导对他说：“你还不了解赵俊吗？他从小当红军，再说前一段他一直在农场，怎么能参加‘五一六’呢？”父亲认为有道理，说：“不是就不要再审了。”这次清查对江苏广大军民来说，无疑是一场无中生有的飞来横祸。

在后来的“批林整风”运动中，负责“五一六”专案的吴大胜也挨整了。他检讨说：“靠少数人、神秘化，扩大了打击面。对过头的审查方式没有严格对待，出现了严重的违法行为没有制止……”限于当时的条件，他的检讨不可能讲透清查“五一六”的真正教训之所在。

要从父亲身上找原因的话，曾与李文卿和几个熟悉他的老部下谈过，他们认为，一是父亲决心用这次机会来证明自己并非“木匠斧子一面砍”。如果没有这种情绪的积压与爆发，父亲的头脑肯定会冷静得多，起码可以避免那些本来可以避免的失误。

二是未能做到“兼听则明”。有关“五一六”的材料一律保密，都是由负责“清查”工作的吴大胜直接呈报。吴大胜是老红军，厚道、正派，但长期从事后勤工作，经历单一，兼管政法这副担子对他已超负荷。省里政法组长赵洪从事政法、保卫工作多年，很有经验，他看出这样搞下去有问题，多次指出送许司令阅批的材料务必慎重，务求准确。

讲了几次不见效，赵洪找李文卿说：“送许司令看的材料，凡是我没签字的，不管今后出了什么问题，我概不负责。”李文卿很担心，对吴大胜讲：“这样搞危险啊！再抓该抓到你了！”吴大胜说：“开什么玩笑。”李文卿说：“不信你问你的审查对象，我是不是‘五一六’？肯定是！”

三是对造反派头头的深度失望。“三结合”后，父亲对某些造反组织头头曾尝试过团结和教育，并有所侧重。但各派组织头头，在反动思潮的影响下，从各自的派性地位出发，争权夺利，制造武斗，言而无信，出尔反尔。父亲当面痛斥他们：“上头举旗子，下面捅刀子。”

四是对全省发展局势的失控。有些人利用父亲的失误，以抓“五一六”分子为名，别有用心，乘机整垮自己的上级、下级或对手，导致了严重的扩大化。

父亲作为军地两方的一把手，当然有无可推卸的责任。他听信错误的汇报，做出错误的决策。打过几十年仗的父亲面对一个几乎是完全陌生的“战场”，面对从未经历过的变化多端的局势和错综复杂的矛盾，既要对国家、对军队、对人民负责，又因为“左”的影响和两个阴谋集团的干扰破坏，在许多时候常常身不由己、意不遂心。他素有的智慧、果断与胆识要想一如既往地发挥出来，必须要有超乎寻常的坚定信念、高度的智慧与应变能力。但在那个特殊的年代，在极“左”思潮猖獗、个人崇拜浓厚的条件下，人们缺乏应有的分辨力。

父亲晚年回到南京居住，常常情不自禁地谈起这段往事，同时也感到很内疚。他听说有些老将军、老干部对“五一六”当时的做法有意见，有的还骂了娘，认为不打招呼、不表态是说不过去的。在当时的南京军区司令聂凤智的大力斡旋下，“客人”经过三请四邀，总算到齐了。那天在中山陵十一号宴请，父亲到场时看到有些老干部脸上很不自在的表情，心里也很内疚。父亲在酒过三巡之后切入主题：“‘文革’中你们很多人被打倒了，我是打而未倒，打倒的肯定受迫害，没倒的肯定犯错误。马克思说过，不犯错误的只有两种人，一种是没有出生的，一种是已经死了的。你们受了迫害，有意见赶快提，再不提我快进棺材了。”

据参加这次宴请的赵俊将军回忆：“那天，我们都没说什么，看见许司令内疚而诚恳敬酒的样子，本来想说的话也觉得没有必要了，那天只想喝酒。那次的酒喝得真多……”

父亲去世后，在告别仪式那天，我站在那里，想起父亲这些年在政治上受的煎熬，真是哀莫大于心死，竟然一滴眼泪都没有。据说很多亲戚朋友都在骂我，说父亲生前最喜欢的竟是这么一个不孝之人，连眼泪都没有。父亲的那些老部下、老将军们几乎都来了，有的走路不方便还要人搀扶着来，这些老将军、老部下中的许多人曾被“五一六”牵连乃至吃了苦头，他们还是都来了，向父亲来做最后的告别。我在他们脸上看到了发自内心的哀悼和宽容，我感动了，真的感动了……

带着王洪文解决浙江问题

毛主席派父亲带着王洪文到浙江，照毛主席的说法，是让王洪文去锻炼，跟着老将军学习解决棘手的问题。然而，造反起家的王洪文哪是什么可教之材，平步青云才几天，自己姓什么都忘了。一到杭州，先在住处上挑肥拣瘦，要住高级宾馆，嫌父亲选择的华北饭店条件差，娇贵得像个王子王孙。

遵照中央文件确定的方针，父亲反复强调揭批和清查一定要放手发动群众，联系浙江实际。王洪文却说：“过多联系浙江实际，容易走偏方向、纠缠历史旧账、否定‘文化大革命’的成果。”

林彪集团在浙江干了那么多坏事，犯下了谋害毛主席的弥天大罪。揭批和清查如不联系实际，不讲具体人和事，岂不是放空炮？也只有切实分清敌我，切实辨明是非，才能缩小打击面，扩大教育面，帮助犯错误的同志认识错误、改正错误，团结一切可以团结的人。王洪文抛出“过多”二字，说穿了，一是不准群众揭盖子，好把他们和林彪集团相互勾结、插手浙江的老底子捂严实；二是想把水搅浑，掩护党羽过关。

在对待两派群众造反组织的问题上，父亲认为“省联总”和“红暴会”都是左派组织，省军区支持两派是对的。王洪文却说：“‘省联总’最早起来造当权派的反，对浙江省‘文化大革命’有贡献，是响当当的左派组织。”“‘红暴会’上层头头虽是老造反派，后来变了，基本上是保守派。”至于省军区、军分区和人武部，他仍与康生、张春桥口径一致，说他们“和地方当权派有千丝万缕的联系”，是“地头蛇”，是“保守势力的后台”。

浙江形势为什么总不稳定？驻浙部队为什么总不一致？直接原因不就是南萍等人跟着林彪、陈励耘支一派、压一派嘛！父亲的主张显然有利于全省摆脱混乱局面，当时条件下也只能这么办。如果依了王洪文，继续肯定一派、否定一派，浙江还得接着乱。

在对待南萍和熊应堂的问题上，父亲认为两个人虽然都上了贼船，犯了严重的方向路线错误，但程度不同。南萍是自觉自愿上的贼船，正像他在检讨中所说的：“我在丑恶的资产阶级‘向上爬’‘保官图名’的思想支配下，自觉地踏上他们早已铺好的跳板，一步步走上这条贼船，成了他们的‘借用力量’。”熊应堂是老红军、工农干部，是被陈励耘等人拉上贼船的。王洪文则说南萍“支左还是对的，支持了革命左派，后来受了陈励耘的骗”，所犯错误从性质到程度都和熊应堂一样，没有什么区别。

明明不一样，硬说没区别，看起来是“各打五十大板”，好像挺公平，实则是用派性标准界定远近亲疏。父亲指出这是搞“形而上学”，责问王洪文：“怎么能一概而论，不做具体分析？”

对浙江问题怎么看、怎么解决，由于根子上拧着劲，观点针锋相对，路子也就截然相反，最明显的是个别谈话。

熊应堂误上贼船，船沉落水，顾虑很多。父亲代表组织和他谈话时，坦率地和他说：“表面看你得罪人多，实际上坏事是他们干得多。他们是导演，你是演员。你和他们在一起，他们就是成功了，也不会要你这个大老粗。错了就改，好好检讨，彻底交代，我们还可以给你讲话。”

父亲意在提醒熊应堂不要稀里糊涂地给人家充当掩盖问题的“挡箭牌”，启发他下决心和陈励耘一伙划清界限，争取早一点回到正确的立场上来。这样对待一位犯错误的老同志，完全是出以公心。王洪文则是秉承江青一伙的旨意，给那个造反派头头壮胆、打气，目的在于阻挠揭批和清查，稳住阵脚，保存实力，以便进一步搞他们争夺与控制浙江的阴谋活动。

那时候，王洪文是作为父亲的助手参与解决浙江问题的，尽管他唱反调、使反劲，总还掀不起大的风浪，可后来就不同了。

1973 年 1 月，王洪文来杭州传达毛主席的指示。“钦差大臣”下车伊始就指责浙江“批林整风”的方向偏了。这个风一吹下去，与林彪一伙有瓜葛又受过批判的人就私下串联、互相打气，说：“王洪文是来纠偏的。现在是造反派受压，我们要起来斗。”浙江的形势又出现反复，“批林整风”无法进行。

王洪文当上中央副主席以后，“得志更猖狂”，仗势压制谭启龙和铁瑛书记，公开支持一部分造反派“反潮流”、反省委，搅得浙江昏天黑地，中央只好又发了“（1975）16 号”文件稳定局面。

就这样来回“翻烧饼”，可把浙江的干部、群众折腾苦了。直到“四人帮”被粉碎，浙江才恢复了正常的政治与经济生活。

1997年出版的父亲的一部回忆录中写道，李德生向父亲转达了毛主席请他抓一下浙江舟山问题和军队之间的团结问题，父亲听后表示，不管多么困难，一定按毛主席的指示去办。同时，他诚恳地说，过去不是没有看出这两方面的问题，而是为了避嫌，一怕被别人说成黑手，二是怕被别人说成是想抓华东的大权，所以不愿管。他所说的两个“别人”明显是指张春桥。毛主席对此做了批示：“事关重大，出以公心，不应当避嫌。”

尽管处在这样复杂的境地，父亲还是捅了一次“马蜂窝”。浙江省军管会刚改组两天，新任领导就开始策动他们支持的“省联总”镇压对立面，先后有170多人跑到南京军区告状。父亲和杜政委商量决定，先派工作组去浙江诸暨调查。调查历时三个月，结果证明，诸暨群众的控告属实：南萍他们动用武力造成群众死伤。父亲听了汇报很气愤，立即招呼南萍、熊应堂来南京谈话。这次见面，名为谈话，实则带有谈判的意味。要解决的问题很棘手，像个“马蜂窝”，不小心会挨蜇。父亲选了王蕴瑞参谋长主谈。王蕴瑞政策水平、业务能力都很突出，会写、会讲、会办事，尤以才思敏捷见长。谈话在军区第一招待所进行。

王参谋长发言，他的办法是“以子之矛攻子之盾”，拿着南萍、熊应堂签发给军区的电报，把他们派兵支援“省联总”攻打对立面的次数、打死打伤和抓到的人数，还有冲公安局、违法翻阅敌伪档案的情况，按时间顺序一一摆到桌面上。接着从具体问题切入：你们支持一派、打压一派，这不是派性又是什么？

南京的5月，天气还比较凉，南萍却不断掏手绢擦汗。事实胜于雄辩，他不得不检讨。

父亲严厉地批评了南萍和熊应堂。

南萍当面认错，但转头就向中央文革领导小组告父亲的状。

张春桥给父亲打电话说：“南萍、熊应堂是浙江省革委会主任、副主任，革委会是新生事物，你们擅自把他们调到南京批评是对新生事物的态度问题！革命领导干部要支持新生事物，你们这样不顾大局是不对的。”他还特别声明，这不是他个人的意见，是中央文革领导小组让他打这个电话的。

父亲应声回答：“我是找军长、政委谈话。浙江省革委会主任、副主任我管不了，这个军还归南京军区指挥嘛！”

父亲反应快，话也给力，把张春桥顶得闷了口。

他们整不动父亲，就拿王参谋长开刀，调他进京参加学习班，实际上是“清君侧”。和王参谋长一同去的还有政治部副主任符确坚，他是海南人，参加过长征。康生却平白无故地说符确坚“长得像日本人，肯定是日本特务冒充老红军”。这些人就这样拿别人的政治生命开玩笑！

北京要调这两个人，父亲不能不同意。王、符二人临行前，李文卿送他们上车时，王参谋长握着李文卿的手，眼泪汪汪地说：“李文卿同志，此去怕是再也回不来了。”

王参谋长走后父亲向中央多次反映情况，不久王、符二人都回到了南京，王后来任军事科学院副院长，直到退休。

1969年初，中央专门开会解决浙江问题。1月8日，毛主席召集有关方面领导谈话指出：“地方的问题在军队，军队的问题在于做工作。”为了减少矛盾，甚至考虑将驻浙江某军和空军某军调离浙江，并说：“省军区的检讨我看过，他们的检讨我怎么没看到？”张春桥、姚文元做了歪曲性解释，一唱一和把事情搪塞了过去。

“一月会议”以一边倒的结局告终，那两个阴谋集团依他们的特殊身份，操纵会议，偏袒一方、压制一方，使南萍这些人更加有恃无恐，处处和大军区作对。

最不像话的是大闹南京军区党代会。他们煽动本单位代表向军区党委工作报告发难，要军区承认“对解决浙江问题犯有严重错误”，非要会议照着他们的调子开，跟着他们的路子走。司令、政委做指示，他们不听；主席团做决议，他们起哄，把造反派那一套搬到党的会议上，一点儿不顾军人党员应有的组织纪律观念。接着，他们又在军区党委委员候选人的提名上节外生枝，闹得不可开交。其他代表团实在看不下去，要和他们斗。杜政委怕把事情闹大，要李文卿请示父亲怎么办。

父亲说：“让他们闹，闹到一定程度就会走向反面。”杜政委分管部队工作，一向尽心尽力为父亲分忧。“文革”开始时，造反派强占军区政治部大楼，威逼他交出许世友，他义正词严地回答：“让一个政委带人去抓司令，我军历史上没有这样的事！”

这一次，对一些人挑起的“窝里乱”，杜政委确实为难了。他对李文卿说：“李文卿同志，这样下去会议怎么收场呢？”李文卿说：“有些话你该讲就讲，不要等许司令发话。”杜政委说：“许司令是政治局委员，我是拿他当上级看的。”李文卿说：“你们一个司令，一个政委，是同级，是一样的。”杜政委说：“不一样，他能见到毛主席，我见不到；就是见了毛主席，也不像他什么话都可以讲。”

杜政委很动感情地讲了心里话，李文卿听后，很同情他的两难处境。后来还是杜政委向军委办事组报告了情况，黄永胜直接号令带头闹事的人“要适可而止”，他们才算罢休。由于这番闹腾，会议延长了一个星期。他们还鼓动军区机关在浙江执行“三支两军”任务的干部“杀”回南京，造军区党委和司令的反。这时候，军区大局已定，人心思安，那些不干正事的“造反专业户”早已令绝大多数机关干部视之生厌。“杀”回来造反的人得不到同情和响应，一个个垂头丧气。军区把他们组织起来办学习班，这些人痛哭流涕地检讨说“上了别人的当”。父亲“闹到一定程度就会走向反面”的预言，首先在他们身上得到了验证。

“九一三”事件前后

“文革”中“九一三”这段历史给我们党的历史留下了

一页令人警示的记录。

每一个人都应该实事求是地去看待历史，在战争年代有战功是真实的历史，但“文革”中为达到个人目的，鼓吹个人崇拜，搞阴谋诡计，企图把忠于祖国和人民的开国元勋、开国将帅整倒、整死，为自己达到政治目的扫除障碍，这也是真实的历史。而且这段历史给我们留下了消磨不掉的记忆和回味无穷的思考。

父亲对林彪的“领教”还是在20世纪60年代初期。

那时，南京军区有三个响当当的典型：一个是教员郭兴福；一个是“南京路上好八连”；一个是话剧《霓虹灯下的哨兵》。

郭兴福当时是十二军的一个副连长，在小分队战术训练中，摸索出一套行之有效的教学方法，从而使基层干部成为“四会”（会讲、会做、会教、会做思想工作）教练员。

父亲和南京军区其他领导及时肯定了这一训练方法的典型意义。

这一先进典型的出现，引起中央军委和总参谋部的极大兴趣。于是，推广郭兴福教学法的活动，大张旗鼓地开展起来。

1963 年 12 月，叶剑英元帅冒着严寒观看了郭兴福教学法表演，看完后说：“郭兴福教学法彻底抛弃了教条主义和形式主义的影响，是我军传统练兵方法的继承和发扬，是我军教学方法的重大改革。”他称赞战士们：“真像一只只小老虎。”还把自己的感受概括为两句话：“大开眼界，大开脑筋”。

1964 年 1 月，总参谋长罗瑞卿在南京主持召开全军推广郭兴福教学方法会议。

1964 年 3 月，南京军区在镇江举办干部集训队。父亲出任队长，亲自讲课并做现场示范指导。同年 6 月，南京军区举行比武观摩大会，参加人数达 8467 人，创历史之最。

几个月后，时任国防部长的林彪做出他的第一个反应。在总参谋部的一次会议上，先是由“林办”主任叶群出场，发了一个言：“不看不知道，一看吓一跳。我下去一转，发现问题太多啦，两头冒尖。大比武把各个部队都搞得乱糟糟的，毛主席著作没人学，大家都拼凑尖子去争红旗。”林彪同志指出：“这是单纯军事观念，必须刹住这股歪风。”

继之，林彪从幕后走到台前，大讲“突出政治”，大批单纯军事观念，把比武练兵说成反对“突出政治”，并可怕地将其提高到党和军队是否变质的高度……林彪讲完话后，罗总长和父亲都不得不做了检讨。

检讨完了，事却没有完。

一年之后，林彪做出了第二个反应。在上海，林彪召见罗瑞卿，亲切地对他说："去年推广郭兴福教学法有四好：用心好、内容好、方法好、效果好，将来还是一定要搞的嘛。"这话让罗总长吃了一粒"定心丸"。

但是事隔不久，罗大将再次被召到上海参加中央召开的一个紧急会议。这个会就是专门批斗他的会。会议由林彪主持，叶群率先揭发。头一天在会上批判罗瑞卿的发言，居然长达11个小时。

于是，罗瑞卿成了"从政治上整臭整垮"的靶子，会议宣布：撤销他党内外一切职务。

父亲也被召到上海参加这次会议，但父亲很侥幸，没有挨批斗，父亲知道，是毛主席保了他。

1970年8月23日，九届二中全会在庐山召开。这次会议是十年"文革"的一个重要转折点，它以两个阴谋集团争夺权力的较量公开爆发为中心事件。

通称"一伙"，细剖实乃"两伙"。同样基于篡党夺权野心的两个阴谋集团，初期还是以勾结为主，随着权势扩张和权欲膨胀，争夺的势头逐渐趋于明显。

九届二中全会如期开幕。毛主席主持会议，周总理宣布会议议程。林彪懂得作战，当然非常明白，只有打胜这“关键性的一仗”，拿到那“决定性的筹码”，提前“接班”的既定目标才有实现的可能。

所以他不顾一切地采取了一连串有组织、有计划的行动，千方百计地要把这次全会拉上他们预设的轨道。

林彪自己急于要当国家主席，打的旗号却是拥护毛主席担任国家主席。

会议一开始，林彪发表了一个蛊惑人心的讲话，还用了“无产阶级元首”这个罕见的提法。

在《宪法》讨论中，在表述毛主席“发展了马列主义”前面一定要加上“大才地、全面地、创造性地”三个副词。林彪知道这三个副词是毛主席亲自删掉的，但他还要坚持加上，乃至将自己炮制的“一句顶一万句”的名言统统抛到了九霄云外。

林彪强调说：“毛泽东是天才，我还是坚持这个观点。”对党内有人反对或否认这点表示最强烈的愤慨。

在极“左”思潮猖獗的那个年代，人们缺乏应有的辨别力，种种心态所致，几乎人人抢着发言，很多街头造反用语激烈、粗鲁，竟也搬上了党的会议。其实那时很少有人知道内幕，知道的也只能意会，不能明示。

看到这种情况，父亲再也没有发言。

其间几次有人找他，说："其他组都很热闹，就是我们组死气沉沉。"还拉他一道给毛主席写信，要求设国家主席，父亲都未予理睬。倒不是他先知先觉，而是他一贯看不上"转轴脖子随风转"，尤其是在重大问题上，他从不乱表态，更不抢风头。

会议出现混乱，不少人也不知出了什么事。韩先楚来问父亲，父亲也不摸底，两人一商量，就给周总理打了电话。在电话中，父亲向总理讲了连日发生的不正常情况，说："赶快报告主席，这样下去要出乱子的。"又问陈伯达的讲话有没有经过常委讨论，总理说："没有。"父亲与韩将军感到是个问题，又一起去找中办主任汪东兴，想多了解些情况。

汪东兴在分组会上的发言也上了"简报"，被毛主席批评了，正在写检讨。父亲问他犯了什么错误，汪主任说，主张设国家主席，说简报上有些话不是他的意思，出简报也没有给他看。两人安慰了他几句，说："你在毛主席身边工作，检讨不要过头，要实事求是。"

毛主席发现林彪一伙闹事，非常气愤，当天下午亲自主持了政治局扩大会议。开会时，毛主席严厉批评了“天才”的提法，停止讨论林彪讲话，责令陈伯达检讨。下午全会停开。

父亲在江苏和南京军区小组传达了政治局扩大会议精神。讨论中，有人提议写封信，向中央和毛主席表个态，当时与会的人都赞同，当场你一句他一句凑了几条。李文卿当时是会议秘书，负责做记录。由于当时情况尚不明朗，所以写给中央和毛主席的这封信，抬头也带上了林彪。始料不及的是，因此惹了一个大麻烦。

8月31日，毛主席写了《我的一点意见》，会议转入揭发和批判陈伯达，毛主席没有点名批评林彪，对他采取了保护的态度。

九届二中全会于9月6日下午闭幕。

1971年8月中旬至9月12日，毛主席视察南方，一路上同沿途各地党政军负责人谈话，着重讲了九届二中全会上那场斗争的性质，点名批评了林彪等人。

8月31日，汪东兴主任打来电话，说有架飞机去南京接父亲到南昌。父亲正好没外出，好像心里有数似的，什么也不问，只要李文卿一人跟他去。父亲一到南昌，就被汪东兴和韩先楚接到毛主席住地。他们谈话的时间很长，见面先唱《国际歌》和《三大纪律八项注意》，毛主席亲自指挥，唱了一遍又一遍。在谈话中，毛主席提出了“三要三不要”：要搞马列主义，不要搞修正主义；要团结，不要分裂；要光明正大，不要搞阴谋诡计，并从理论上揭露了“天才史观”的唯心主义本质。

毛主席说，庐山会议这件事还没有完，还没有解决，回北京以后，还要再找他们谈。他们不找我，我去找他们。对这些人还是教育的方针，就是惩前毖后，治病救人。

父亲只在南昌住了一个晚上，第二天乘机返回南京。当天下午即向军区和省委的主要领导传达了毛主席的谈话。按中央办公厅的安排，王洪文也从上海到南京听了传达。

之后一段时间，父亲先向肖永银当面交代：从现在起，上海到南京的铁路要派部队巡逻，特别是沿线的涵洞，更要加强戒备。同时，断然改变视察苏北的预定行程，不到徐淮地区，只到离南京较近的扬州地区，把李文卿留在家里值班，随时和他保持联系。事后看，这几项部署都是至关重要的。

9 月 11 日凌晨，李文卿被一号台的铃声惊醒，一看表，正好两点钟。总机接转上海的电话，说有“客人”要见许司令，要他上午赶到，来得越快越好。

肯定是毛主席到上海了。李文卿马上叫总机找父亲，不料跟去的秘书缺乏经验，没让通信部门给他们的驻地架电话（那时通信远不如今天方便），一下子把李文卿急出了汗。但他很灵活地想到找扬州市委书记陈敬义，请他转告：家里有急事，请许司令速回。

9点15分，父亲回到家中，当时汽车到上海要七八个小时，火车也不行，只好乘空军的值班飞机去上海。父亲还是只要李文卿一个人跟着，在路上对李文卿讲：“毛主席的谈话你也看了，怎么还乘值班飞机？”李文卿当时觉得委屈，后来却不得不佩服父亲的敏感性和警惕性。

飞机降落在上海虹桥机场，汪东兴和王洪文前来迎接。空军某部政委王维国也在场，不知道他是怎么得到的消息。几个人乘汽车前往吴家花园火车站，毛主席的专列就停在附近一条专用线上。

汽车直接开进月台。下了车，汪东兴直接招呼父亲和王洪文上专列，让李文卿去车站会客室休息。毛主席的专列紧挨着车站会客室，车厢门口距离会客室不过十来米。李文卿站在会客室门前，目送父亲，父亲和王洪文在汪东兴的引导下走向车门。

一行人走了四五步，汪东兴在跟上来的王维国前面伸手一挡，说："你也去休息吧。"王维国像被施了"定身法"，一下子站住了。站了几秒钟，转身朝着会客室晃悠过来。李文卿还站在原地，迎面看着被挡驾的王维国，他脸上既有不情愿，也有无可奈何，却缺少那种情况下应有的尴尬。

12 时 45 分，父亲和王洪文由汪东兴陪同走下专列，面向车门站着。不多时，车上传话下来，说毛主席让大家吃饭去，不要等他。

王洪文说锦江饭店已经准备好了。王洪文问："要不要王维国一起去吃饭？"父亲说："可以。"赶到锦江饭店，不知什么原因，饭还没有做好。王洪文觉得脸上无光，当着众人的面把他的秘书批了一顿。

等着吃饭时，车站报告说，"客人"已经走了。吃过饭，父亲就要回南京，谁也留不住。

发难庐山受挫，林彪决心背水一战。1970 年 10 月，林立果纠合空军司令部的周宇驰、于新野等人，组成武装政变的骨干力量，代号为"联合舰队"。1971 年 2 月，林彪带着叶群和林立果到苏州，几天后，派林立果到杭州、上海串联死党。3 月 21 日，在上海某招待所一座小楼的密室里，林立果和“联合舰队”的骨干进行了秘密会商。

林立果摆出了林彪“接班”面对的三种可能：一是“和平过渡接班”；二是被别人抢班；三是搞掉 B-52（称毛主席的代号），提前“接班”。并敲定了要在“军事上先发制人”，包括利用“上层会议一网打尽”，“利用 543（一种导弹代号）轰炸、车祸、暗杀”或制造“割据局面”。他们借取“武装起义”的谐音，把政变计划命名为《“五七一”工程纪要》。

接着林立果又在上海召开所谓“三国四方会议”，会议确定，上海以王维国为头，杭州以陈励耘为头，南京以南京空军副司令周建屏为头；还有江腾蛟，尤其加以“重用”，被封为第一线指挥，负责三点联系，以便“协同作战”。

江腾蛟十几岁参加红军，当过译电员，在“红小鬼”里是那种“学坏容易学好难”的角色，逐渐变得善于投机钻营、见风使舵。

林彪的夫人叶群在太仓搞“四清”时，江腾蛟是空军某部的政委。一看大人物的夫人来了，巴不得贴上去大献殷勤，送高级补品、药品，还有高级糖果糕点。有时还把叶群接到上海休息几天，高迎高送，关怀备至。从此博得了叶群的好感，进而和林家拉上了关系。

记得“文革”前，解放军在人民群众中享有很高的威信。那时学雷锋、学王杰，全国学习解放军，老百姓是从心里真正爱戴人民军队。“文革”开始后，解放军的威信被这些溜须拍马以求进身的官迷心窍者弄得几乎降到“零”。那种宦官做派、奉迎拍马在军队尤其严重。有些人身为军队的高级将领，竟然在军队的高级会议上、党的会议上公开吹捧林立果是什么“天才、全才、超群才”。此类官迷心窍者，正是野心家、阴谋家网罗党羽的优选对象。

反观江腾蛟其人其事，不难理解为什么会有一帮死党跟着林彪去冒天下之大不韪。

记得有一次，韩先楚将军和李德生将军来南京看父亲时，韩将军对父亲说：“军队现在风气太坏了，有些人拍马屁拍得真是肉麻，一旦战争来了，这些人怎么能为国家和人民去打仗呢？”父亲说：“战争来了，这些溜须拍马的家伙也会‘战’，是头朝下、屁股朝上倒过来‘战’（站）。”

两天后，林彪、叶群、林立果仓皇出逃，事件的经过是惊心动魄的。

林彪从党羽密报得知了毛主席南巡谈话的内容，认为“与其束手待毙，不如破釜沉舟”，决定对还在路上的毛主席采取谋杀行动。毛主席发现情况可疑，果断应对，机智周旋，在上海突然下令专列北上，全线绿灯，昼夜不停，经丰台安抵北京。

林立果获悉毛主席离开上海，谋杀计划无法实现，遂按照林彪的指令，指挥“联合舰队”骨干准备飞机，拟定名单，妄图会同林彪集团核心人员南逃广州，另立中央，实行割据。

林立果私调256号三叉戟专机飞抵山海关，停在海军机场，自己乘车赴北戴河与林彪、叶群会合。

关键时刻，林彪的女儿林立衡向中央反映了林彪一伙的动向。周总理当机立断，严令追查，亲自监控事态发展。林彪、林立果见阴谋败露，驱车狂奔至山海关机场，爬上256号三叉戟专机，强行起飞。

周总理得知林彪逃跑，立即报告毛主席，并向全国下达了“任何飞机不准起飞”的禁飞令。当林彪的座机明显要飞向国外时，毛主席决定不予阻拦。

9月13日1时55分，256号三叉戟专机越过国境，进入蒙古人民共和国领空，飞至温都尔汗附近，燃油告罄，迫降时爆炸起火，机毁人亡。

回顾那几天父亲的日程，可以感受到当时的气氛很紧张，越来越紧张。

9 月 11 日，毛主席在上海紧急召见父亲等人，秘密谈话近两个小时。随后，突然发车离沪北上。

下午 3 时许，父亲从上海回南京。4 时 15 分回到家中，刚进门就叫李文卿拿好他学习《国家与革命》的心得体会，还有一份“五一六”的情况报告，赶往火车站。赶到车站等了一会儿，毛主席的专列就到了。汪东兴从车上走下来，告诉父亲“主席已经休息了”。

有的书上写毛主席召父亲上车谈话，是不对的。父亲没有上车，只是把带来的材料交给汪东兴，请他转呈毛主席。

一份读书心得，一份抓“红”报告，父亲是在表明知错就改的诚意。实际上，这时毛主席关心的已不是“五一六”问题了。再看父亲赶在专列到达之前去车站迎候，似乎还有什么话想再和毛主席面谈一次。

9 月 12 日，父亲整天待在家中，哪里也没去，交代李文卿听好电话。他自己坐在屋里，不要文件看，也不找人谈话，例行的散步也取消了。从早到晚一个人闭门沉思，好像预感到有大事要发生。

傍晚时分，偌大一座宅院静得出奇。李文卿想去看看父亲，只见房门紧闭，遂止步。

夜色降临，一种莫名的沉重感如暮霭般弥漫开来，渐渐笼罩了四面八方。

9月13日清晨5时，一号台的黑机子响了，铃声显得突然而急促。一接，是周总理请父亲听电话。父亲还没起床，李文卿跑上楼敲他的门。李文卿又跑下楼问总理要不要加密，总理说要加密。那天可能李文卿有点儿着急和紧张，怎么也加不上密，总理说：“不要加密了。”这件事让李文卿自责了好久。

父亲拿起电话，周总理说：“庐山会议上第一个发言的人跑了。”因为没有加密，所以讲得很含蓄。“知道了。”父亲毫无意外地冷静回答。

周总理说：“你们要看住所有军用机场、民用机场、码头，不要让飞机和舰艇跑了。”父亲回答总理：“好的，我立即布置。”父亲放下电话，就让李文卿把肖永银副司令找来布置。

送走肖永银后，李文卿仿佛刚刚清醒，只觉得背后已经汗津津了，心脏仍在怦怦直跳。相形之下，也深感父亲处变不惊、应急不乱，心理素质超乎常人。

9月14日，父亲仍未外出。下午6时30分，周总理来电话通报：“飞机在温都尔汗迫降起火，机毁人亡。”

政治局开会研究清查与“九一三”事件有牵连的人和事，父亲奉命进京。周总理特别嘱咐，不要乘飞机，要乘火车，顺便带着王洪文同车前往。

军事交通运输部准备了公务车，加挂在特快列车后面。

在路上，王洪文找了个话题就和父亲拉扯开了。

“上海的王维国肯定是林彪的死党，我老早就发现他不正常。解放军的高级干部，却反对大军区！我是军队转业干部，至今对解放军还很有感情。毛主席在上海接见你，他总想往专列上钻，幸亏被汪主任挡住了。”

父亲本来就话不多，对这种造反起家的“暴发户”更不爱搭理。父亲只是听着，不置可否。

到了北京，坐上中办的汽车，直接开进中南海，停在万字廊会议室门前。会议由周总理主持。总理开门见山，简要通报了林彪出逃的经过。

当晚，毛主席接见与会人员，讲了党的十次路线斗争，讲了林彪的历史，接着又讲哥白尼的《天体运行》，还交给父亲10本《天体运行》，让他转送南京紫金山天文台。

接见后继续开会。周总理说，陈老总得知消息后，随口吟出白居易的《放言诗》：“赠君一法决狐疑，不用钻龟与祝蓍。试玉要烧三日满，辨材须待七年期。周公恐惧流言日，王莽谦恭未篡时。向使当初身便死，一生真伪复谁知？”

父亲对那首讲王莽篡政的诗特别感兴趣，回南京后，嘱李文卿用毛笔写在四尺宣纸上，贴在小会议室的墙壁上，每天看几遍，有客来访时，还讲给人家听：“识别一个人也不容易，‘试玉要烧三日满，辨材须待七年期’啊！”

上海的王维国和杭州的陈励耘参与政变，罪在必抓。“九一三”事件后的第三天，周总理就通过电话，密令父亲采取措施，防止这两个人逃跑。在中南海开会时，周总理又面命父亲负责逮捕王维国和陈励耘，由王洪文协助。

父亲遵照总理指示，责成王洪文控制王维国，并给杭州的熊应堂打电话，要他控制陈励耘。他特别交代：“你要保证陈励耘不出事，否则找你算账。”

从北京返回南京时，天刚透亮。

一夜没怎么合眼，父亲毫无倦色，前脚刚进门，后脚就把肖永银和保卫部长李书和找来，一五一十做了交代，让他们依计行事，并嘱咐：“此事绝对保密，不能走漏半点风声。你们带的人越少越好，回来由上海警备区派车，让‘好八连’护送。”

肖永银回去安排妥当，和李部长带上几名随员，神不知、鬼不觉地前往上海，住进了延安饭店。经过研究，确定在锦江饭店动手。王维国接到王洪文的电话，一听是请他到锦江饭店看文件，根本没有怀疑，带着秘书和两名荷枪实弹的警卫很快赶到了。一进门，秘书和警卫就被领到休息室休息。王维国大摇大摆地走进会议室，一眼扫见肖永银和王洪文坐在一起，感到大事不妙，刚想转身，预先埋伏的警卫抢步上前扭住他的双臂。“咔嚓”一声，一副铮亮的手铐铐住了王维国的双手。肖永银随即宣布：“你被捕了。”当时从杭州到上海，汽车要跑 4 个多小时，陈励耘和南萍还在途中。肖永银担心半道生变，假装从南京给熊应堂打电话。“听说上海有个重要文件请南萍去看，是否确有其事？”“有，是南萍和陈励耘去。”“走了多久？还有什么人？”“各人带着秘书，南萍还带着老婆去上海看病，走了快三个小时了。”

“南萍挺有心眼，”肖永银放下电话说，“带着老婆绝不是看病，是准备通风报信的。”这里正在议论，门卫报告，南萍、陈励耘已经到了。南、陈二人走进会议室，看到肖永银在场，猛然一愣，站住了。陈励耘倒比较老实，一听宣布他被捕了，自动伸出双手。警卫给他扣上手铐，押走了。南萍出来后，他老婆当着好多人的面，眼泪扑簌簌流出来。抓了王维国和陈励耘，肖永银即向南京报告：“交代的任务已经完成。”又说王洪文要请他们吃晚饭，吃过饭他们就回南京。

父亲对他说：“肖永银同志，你们立即返回南京，不要晚上走。你懂我的意思吗？回来时你们走北路，从嘉定、常熟、沙州、江阴、镇江回南京。我让张明走南路，从溧水、溧阳、宜兴、无锡、苏州返回，造声势策应你们。”“是，我们立即返回。”肖永银马上领会了父亲的意图。有了万无一失的把握，父亲向周总理复命：“王维国、陈励耘已抓起来了，正在押送南京的路上。”

早年在九纵给父亲当过副参谋长的叶超回忆父亲时说：“我接触的许多高级领导中，没有谁像他那样熟悉地图。一有空，他就聚精会神地看地图。打孟良崮时，上上下下的电话都找他。我们接电话时都要一边看地图、一边记录。他不要，好像作战地图全印在他脑子里，什么方位、地方记得清清楚楚。有一次行军，参谋带着向导在前面带路，走了一段，许司令说，路走错了。我赶快骑马去问，果然提前转弯了，还应再过一个山头才对。

“还有 1942 年冬季反扫荡，他带领胶东指挥机关，巧妙地穿越日伪的合围圈。走了 200 多公里，迎着敌人走，有时干脆钻到他们的鼻子底下，结果一根汗毛也没被他们碰着。他记得十多处要经过的地方，有的小地方在军用地图上都找不到。当时有人说‘昆嵛山有 800 多米’，他马上纠正说：‘不对，有 920 米。你们再查查。’一查地图，昆嵛山标高 923 米。”

这次父亲指定一条押送路线、一条佯动路线，沿途十来个地名，随口就来，一点儿不差，大家都领略了他这手看家本领真是过硬。抓捕行动开始时，王、陈还未免职，兵权在握。逮捕他们的确要防有狗急跳墙的可能。而这次行动像天网一样罩得严严实实，肖永银和李部长都挺佩服父亲先期筹谋之深思熟虑、坐镇指挥之严谨缜密。

王维国、陈励耘被押送南京后，军区成立了专案组，由保卫部李部长担任专案组长，对他们进行审查。周总理指示：“不许搞逼供信。”父亲几次出面给王、陈讲形势、讲政策，显得很有耐心。

王维国见大势已去，交代了林立果向他们传达林彪手令、决定在上海谋害毛主席的事实。他们当时研究了三套办法：一是用火焰喷射器、40火箭筒攻击毛主席的专列；二是用改装的100毫米高炮平射火车；三是趁毛主席接见他时，在车上用手枪打。如果在上海搞不成，就在硕放附近的铁路涵洞放炸药，制造第二个皇姑屯事件。再不成，就派飞机轰炸火车。

陈励耘招供，9月8日，于新野给他打电话，要调笕桥机场的飞机去执行“任务”。“我听了很害怕，”陈励耘说，“不敢给飞行员讲，推说飞行员不在。”

搞阴谋搞到如此程度，真可谓登峰造极！野心与凶残结合，必然滋生血腥与杀戮。请看审讯中的这段对话：

父亲问：“你不知道这是犯罪吗？”

王维国说：“知道，已经上了贼船，下不来了。林立果心狠手辣，不干也活不了。”

父亲问：“你谋害毛主席，是犯了弥天大罪，党和人民不会饶恕你，林彪他们会放过你吗？”

王维国说：“林立果讲过，事成之后大家都是开国元勋，把罪名加到军区头上，就说大军区搞叛乱。”

“三曹对案”证实，在9月8日那天，林彪亲笔写了“盼照立果、宇驰的命令办”，交由林立果具体执行，要在上海市郊置毛主席于死地。9月9日，即毛主席在上海召见父亲的前两天，这道手令下达给了王维国。这件事传来传去走了样，说父亲用酒灌醉王维国，保护了毛主席。再后来这个讹传又被“四人帮”当作“弹药”，攻击父亲欺骗群众，贪天之功为己有，这也是“四人帮”给父亲罗织的“罪名”之一。

林彪集团的覆灭，正如以后中央《关于建国以来的若干历史问题的决议》所指，客观上宣告了“文革”理论和实践的失败。与此同时，在客观上也提供了一次历史转机，使“文革”的错误有可能得以纠正，从而把国家导向正常的发展轨道。很可惜，这一历史转机与我们擦肩而过。

乌云压城的日子

“九一三”事件后，当历史转机到来的时候，以周总理为代表的党内健康力量，为了纠正“文革”极“左”的错误尽了最大努力，并取得了一些积极的成果。相反，因竞争对手灭亡而篡取到更大权力的“四人帮”集团，野心急速膨胀，更加疯狂地推行他们篡党夺权的既定方针。

“四人帮”以“批林批孔”借题发挥，向周总理等老一辈革命家发起突然袭击，随之在全国各地煽风点火，极力制造新的天下大乱。

那段时间，父亲看“四人帮”整周总理，心里十分难过和愤怒，经常喝酒解愁。我不止一次听他讲：“周总理为人很善良，他全部精力都花在国计民生上，真是鞠躬尽瘁啊！那些浑蛋连他也整，将来一定是：人若不除，天必除之。”

“四人帮”一直想打倒父亲，但是因为父亲有毛主席保护，他们打不倒。于是，“四人帮”又采取拉拢的策略。

“九一三”事件后，江青伺机对父亲说：我早就看出林彪的祸心，他想要打倒你！所以，我派姚文元去上海向毛主席报告，请毛主席接见你。那天雷雨交加，空军刁难，不肯派大飞机，姚文元乘小飞机绕到上海，差点儿把命送掉了。

父亲这个人，就像他自己讲的，“我是茅坑的石头，又臭又硬”，软硬不吃。几番较量，不仅没有被整垮，反而毛主席对他更加器重和信任。“四人帮”一伙拿他更没办法，只好又来拉拢。但以父亲的为人和个性，隐忍这么久，也的确是太不容易了，我都想用“奇迹”这两个字来形容了。

当时北京开会，父亲都是尽量找借口推掉，实在推不掉才去。那段时间，在京开会也经常和“四人帮”发生冲突。有一次开政治局会议，父亲和张春桥发生争执，张春桥讲父亲包庇“反革命”（任毅事件），还说父亲想当“华东王”。

谁都想不到父亲表现得那么冷静，他说：“我不想当王，是你自己想吧？”之后，父亲声音不大，仿佛自言自语地说了四个字：“奸臣秦桧”。这四个字周总理听清楚了，张春桥更听清楚了。张春桥气得脸煞白，当时就狠狠拍了下桌子。

张春桥一拍桌子，反而把父亲桀骜不驯的脾气给拍起来了，他上前一把就把那桌子掀翻了。立刻，父亲被周总理劝住了。

不久后，又有一次父亲在京开会，江青特意打来电话，请父亲去她钓鱼台的家中共进晚餐。父亲在电话里表达谢意，然后推托自己身体不好，不能去。

江青碰了软钉子，但是事情并没结束。没过一会儿，周总理亲自打电话来劝父亲，说：江青请你吃饭，这样高姿态是谁的意思？很明白的啊。总理劝父亲应邀赴宴，注意策略。父亲非常理解总理的苦心，没过一会儿，陈锡联又奉总理的指示来劝父亲赴席，父亲还是不愿意去，并且干脆直说了：这个仗势弄权的刁妇，别说一起吃饭，连喝水我都要吐！

父亲对江青许久的隐忍，终于再也按捺不住，爆发出这样露骨的、罕见的骂语。当时，周围的工作人员吓得一片死寂，都替他捏了把汗。

后来，还是周总理顾全大局，出了个主意，打来电话说：既然许世友同志拉肚子很厉害，不能吃东西，那就请田普同志带上华山，代表许世友同志去赴宴吧。

那天傍晚来了一辆红旗轿车，把母亲和我送到了钓鱼台江青家中。

那是我第一次长时间近距离接触江青。她长得很协调，面色很清润，虽然她已 68 岁了，但看起来就像 40 多岁。她穿了一件蛋青色的真丝长袖衬衣，旁边的小桌上也摆着一件相同颜色、熨得很平整的外衣。另一边小桌上，放着一个较大的信封。在谈话时，江青说这是她女儿写给她的信，并把信从信封里拿出来，给母亲和我看。我记得其中有两句是：“孩儿不是无情物，化作春泥更护花。”那笔字写得也很漂亮。

接着，江青大谈她怎么受陈伯达的迫害……在谈到政治方面的事时，我感到她略微有些激动，甚至有点儿神经质。

那顿饭的主食是饺子，味道很好。江青吃饭时讲："我今后要加强锻炼，不靠药物，靠锻炼。许世友同志就是靠锻炼。"

饭后，端上来三个墨绿的大杧果。江青说是主席让人送过来的。她挑了一个最大的杧果给我，说："给娃一个大的吧。"

那杧果香甜之味非常浓郁，我第一次品尝那样的杧果。

吃完水果之后，江青还请母亲和我一起看电影《巴黎圣母院》。电影是法文，没有译成中文。在看的过程中，江青还不厌其烦地解译法文，并为我们讲解影片的意思。说心里话，在那一刻，也不知是因为电影动人还是因为别的，我觉得她这人挺随和的。

晚宴结束后，我和母亲回到京西宾馆。父亲独自坐在客厅看电视。见我们入内，他一言不发，始终不问我们晚宴的情况。一句不问！

一天，有位大军区领导来找父亲反映情况，说自己被"四人帮"的亲信压制得难以工作，而且在许多事情上还不得不向那些人让步……父亲大声说：不能让步，要斗！

那位领导叹息说：老司令啊，我还要考虑孩子的抚恤金呢。

父亲说：死都不怕，还管什么抚恤金？当年，你我那么多战友死在战场上了，他们哪个有抚恤金？！

父亲知道自己是江青一伙人处心积虑要拔掉的“眼中钉”，所以他先做好了被撤职、被打倒的精神准备。但是他万万没有想到，清查林彪集团的事，也会查到他头上来。

祸端发自庐山。那年夏天，父亲奉命进京。中央和中央文革的代表和他谈话，他们提出几个问题，每个问题的分量都很重。第一，信上写的“犯错误的人”指的是谁？庐山会议后，张春桥成了响当当的大左派，如果是指他，就是分裂党中央，罪莫大焉！第二，信为什么会落到林彪手里？如果是有意送给林彪，起码属于严重的政治错误。

这几个问题提出来，对父亲来说，真好比一座森然的刀山架在他头上。

事情过了两年零三个月，李文卿还清楚地记着当时的详细情况。

李文卿如实说明，父亲那封信，是他通过会议秘书洪雪竹交给中办王良恩副主任，转呈毛主席和林彪的，不知道怎么会留在林彪那里。至于信中提到的“犯错误的人”是指谁？因为之前毛主席和父亲谈话时，讲过陈伯达是坏人，因此父亲信中所指，当然就是指陈伯达。

张春桥、王洪文又找李文卿个别谈，仍然是追问那几个问题，大有不追出要害不罢休之意。父亲很清楚地感觉到，那伙阴谋家的用心并不在查清事实真相，只是要以庐山写信为由头整垮自己。江青集团惯于排除异己，采取的手段既卑鄙又阴险。本应实事求是地清查工作，却被他们掺入了一股借机整人的邪劲。

王洪文可把李文卿给盯上了，在“批林批孔”中，这位中央副主席竟然点名指责李文卿帮父亲“说假话”“欺骗中央”。

父亲心里很恼火，“四人帮”这样整也使他很闹心。于是，血压陡升，还发起了高烧。

周总理知道了，指示301医院刘轩亭院长动员父亲住院治疗，刘院长没费多少口舌，就把父亲劝进了医院。周总理、叶帅、李先念副总理、汪东兴主任都很关心父亲的病情，先后来医院看望，劝他不要急，有些事情慢慢想，说清楚就行了。江青、张春桥也来看过父亲一次。父亲在他们走后好像悟到了什么，他对李文卿说：“你还是出去工作吧，免得连累你。斗争复杂，有忠无奸不成戏。”

父亲出院后回到南京，召集江苏省和南京军区的中央委员一起回忆庐山写信的情况。写信时大家都在场，都发了言，所以回忆事情经过和统一认识都比较顺利。父亲让彭冲和李文卿执笔，依据大家的回忆和认识向中央和毛主席起草一份检讨性的电报。电文讨论通过，到会的委员都签了名，还是由父亲签发。在这次会议上，父亲当众表态：“庐山那封信虽是大家写的，但是我同意和签发的，有什么事由我承担。”

此事非同小可，“承担”二字分量极重。中央代表提出的问题只要有一个成立，父亲将陷入十分不利的境地。尤其江青一伙介入了清查，父亲完全可能被他们整倒。这么大的事落在头上，他不是没有压力，也不是没有顾虑，但他敢作敢当，绝不诿过于人，坚信实事求是，力求真相大白。危机面前，他能挺得住、站得直、行得正。大家感觉，重要的一点是靠人格的力量。

毛主席还派韩先楚和李德生两位将军到南京做父亲的工作，让他做深刻检讨。父亲对韩先楚将军说：“最多是上当受骗，我才不上纲上线呢！”然后目光转向李文卿：“最多是上当受骗，不要上纲上线，写二三千字就可以了。”

1973 年 5 月 17 日，中央召开“批林整风”会，父亲到北京见到了毛主席，可能是毛主席对他的检查生气了吧，说要把父亲的检查发给中央委员会。父亲说：“请主席尊便，我无非官复原职。”主席没说话，只是看着他，父亲说：“我过去放牛，再回去放牛。”主席听完后一句话没说转身走了。这段话是父亲回到南京后告诉我的，并告诉我做好准备到他家乡去插队，还叫我抓紧时间学点儿医，将来老乡们有点儿小病帮忙治治、生孩子帮忙接生。父亲说：“把你所有的钱都拿去买些药，将来老乡们有病时可以用上。”还说：“不要认为我当了大官你们就不能适应农村的生活。”

那段时间我和他周围的人真有“海难沉船”前的感受，心里很痛苦，都认为这次是“在劫难逃”了。有时和李书和部长一起谈到此事，我们对父亲也有点儿想不通。在延安他视死如归，可是后来他当了大官也享过福了，怎么还是看得这么淡呢？有时竟还能开开玩笑，吟出首打油诗来……好像并不在乎自己的险恶处境和结局。

一个月过去了、两个月过去了，我们大家好像虚惊一场，因为并没有什么事情发生。这次连周总理也没想到，毛主席原谅父亲了。后来保卫部李部长直责怪我：“都是你，情绪那么悲观！我受了你的影响，心脏都出问题了。”

有则有，无则无，既不文过饰非，也不违心屈就。至此，庐山写信的风波暂告平息。

1965年，林彪的夫人叶群，带领“四清”工作组，选中江苏太仓县洪泾大队蹲点。在洪泾，她亲手培育了一个“活学活用毛主席思想”的农民标兵顾阿桃。

顾阿桃是贫苦农民出身，对共产党和毛主席怀有一种朴素的感情。在叶群的“导演”下，这个年过半百又不识字的农村妇女，能通过画图画、背语录，讲用学习毛主席著作的心得体会了。这恰恰顺应了当时的政治潮流。记得那时报纸上有篇文章叫《最新最美的人》，就是写顾阿桃，说她“新就新在头脑里只有毛泽东思想，美就美在心坎里没有私心杂念”。她从太仓“讲用”到南京，又从南京“讲用”到北京，成为红遍中国的一个响当当的典型。她先后当上了江苏省革委会常委、苏州地区革委会副主任、太仓县革委会副主任，并被选为九大代表。

“九一三”事件以后，顾阿桃成了苏州地区审查的重点对象，没完没了地要她交代参与林彪、叶群阴谋活动的罪行，并出现一些很过火的做法。

在这场遍及全国的清查林彪的余党运动中，父亲公开站出来，为顾阿桃讲话。

在一次大会上，父亲说："顾阿桃有什么罪？要说上当受骗，谁没有过？林彪在台上时，我也不得不跟着一块儿祝他身体'永远健康'。在那种特定的历史条件下，人们缺乏应有的分辨力。林彪提出的是拥护毛主席，以革命的名义为叵测之目的。这种怪现象很值得人们玩味。顾阿桃是一个普通农民，只是千千万万上当受骗者当中的一个。"

顾阿桃知道父亲为她讲话后，到了南京给父亲打电话感谢他。父亲特地把她请到家中，宴请她。顾阿桃流着眼泪感谢父亲能在她人生最低谷、最倒霉的时候，实事求是地为她讲几句公道话。她在大红大紫的日子里，交了不少"大官"朋友，"九一三"事件后没有任何人理她，而且还躲着她……父亲的这次宴请，她终生难忘。

毛主席让父亲读《红楼梦》

1973 年底，中国发生了一件不寻常的事情：八大军区司令员对调。这一重大的军界人事变动，据中央命令所称，是"为了加强军队建设和反侵略战争准备，使军区主要领导熟悉更多地区的情况"。

父亲与母亲一起读书学习

重新启用邓小平担任重要领导职务，说明毛主席在一定程度上接受了林彪事件的教训。同时可以看出，毛主席对“四人帮”的野心毕露也是有所洞察的。

互调命令出台当天，毛主席在中南海自己的书房接见了参加军委扩大会议的高级将领。

毛主席的开场白出乎意料。毛主席先念了几句戏文：送君送到阳关路，你也苦，我也苦，手中的锣儿敲得苦。这一班五虎将俱都伤了，只剩下赵子龙老迈年高。毛主席接着又说：我年老了，也要去“卖年糕”了。在这里，毛主席甩出了传统相声《歪批三国》的一个包袱，即借谐音把“老迈年高”说成“老卖年糕”。旁征博引，风趣幽默，像在暗示什么、感慨什么，又像批评什么。在场的人既觉得毛主席的话意义深刻，又一时难解其中妙味。

毛主席希望十大以后出现“团结、胜利”的局面，实际上，“文革”与“团结、胜利”是根本不能相容的。这位理想远大、信念坚定、个性倔强的伟大革命家，似乎有感于人生苦短、去日无多，而他为国家设定的道路还很漫长，所以便有这番内心独白式的“开场白”。

毛主席又言及历史典故，“常鄙随陆无武，绛灌无文”。他说：“汉书有个《周勃传》，你们看看嘛。”毛主席还讲到我国古典名著《红楼梦》，认为古典小说写得最好的就是《红楼梦》，是中国封建社会的百科全书。评价《红楼梦》时，毛主席特意望着父亲说：“有人讲《红楼梦》是‘吊膀子’的书，这个观点不对。”（父亲确实批评过爱看《红楼梦》的干部，说：“这本书写的都是‘吊膀子’的事，什么林妹妹、宝哥哥，你爱我、我爱你，思想都看坏了。”）父亲这话只在军区干部会议上讲过，而且是多年前的事了，毛主席怎么知道的？真是没有不透风的墙啊。

父亲读过的《红楼梦》

毛主席似乎看透了父亲的心思，笑问：“许世友同志，你看过《红楼梦》没有？”

父亲老老实实地回答：“看过，没看完。”

毛主席说：“要看五遍才有发言权呢！它那里是把真事隐去，用假语村言写出来。所以有两个人，一个是甄士隐，一个是贾雨村。真事不能讲，就是政治斗争，‘吊膀子’就是掩盖它的。”又讲了几句话，毛主席接着说：“你就做周勃吗，你去读《红楼梦》吧。”毛主席谈古论今，引经据典，将军们多有不解。回南京后父亲要秘书把《汉书》找出来看，才晓得“随陆”指汉高祖手下能言善辩的谋士随何和陆贾，“绛灌”指汉高祖手下功勋卓著的武将绛侯周勃和灌婴。周勃跟随刘邦打天下，建立了汉王朝。刘邦死后，其妻吕后勾结私党，图谋篡政，周勃等人剪除诸吕，维系了汉家一统江山。

“倒许”闹剧

父亲到广州军区赴任后，“四人帮”一伙又在南京军区和江苏发起新一轮“倒许”的阴谋活动。

“四人帮”以“批林批孔”为名，矛头指向周总理等老一辈革命家，极力制造新的天下大乱。他们或亲自出马，或派遣爪牙，跑到军队“放火烧荒”，大整军队领导干部，迫不及待地要把军权抓到手。

江青一伙打出了“解决南京军区问题”的旗号，说：“南京军区长期以来歪风邪气盛行，正气抬不起来头。”他们在军区和地方拉拢亲信，又是“揭盖子”，又是“砸核桃”，矛头直指父亲。用王洪文的话说，“动用了重型起重机”。王洪文又背着中央和毛主席给浙江的造反派头头打电话，要他们继续揭批“军以上领导”，并点了父亲的名，他说：“许世友想搞三省压上海，浙江的问题在南京，夏琦在前台表演，要挖夏琦的黑后台。”夏琦时任浙江省军区副政委、党委副书记。“文革”初期，他还在南京军事外语学院当政委时，就因不肯讲违心的话，被造反派整得死去活来。“解放”后分配到省军区，实际上降了职，他也毫无怨言。这次“倒许”，王洪文及其党羽特别想从他身上弄到一批打击许世友的“炮弹”，可是，无论怎么威逼利诱，他始终没有违心讲一个字。夏琦对“四人帮”的倒行逆施有着切齿之恨，同他们的斗争义无反顾，将个人利益完全置之度外，表现出一个共产党员敢于正视死亡、英勇无畏的精神。

为了扳倒父亲，身为中央副主席的王洪文一如当年那个造反派头头，一次又一次赤膊上阵。军区个别人紧随其后，充当了很不光彩的角色。

1974年军区党委正在开扩大会议，新上任的军区司令丁盛从北京打电话说：“中央批评李文卿讲假话，你们要他到会接受教育。”

那时李文卿已在某师任副政委，因患肝炎正在住院，他抱病参加会议。丁盛和军区党委集体和李文卿谈话，丁盛对李文卿说：“庐山会议写信的问题你没有如实向中央讲，说了假话，这个问题你要向中央讲清楚。”

当时军区常委中参加过庐山会议的人都已调离，在场的不知底里，李文卿把事情的来龙去脉如实讲了一遍。有的常委说："原来是这样，这就清楚了。"冷静下来想一想，李文卿又觉得蹊跷。庐山写信一事已经反复查过，毛主席也明确表示"以《国际歌》为界"予以解脱，怎么又倒腾出来？这究竟是谁的意思？

尽管心存疑惑，李文卿还是本着下级服从上级和实事求是的原则，把事情经过写成材料，正式呈报上去。李文卿连着写了三次、报了三次，都被退回，说没讲清楚，仍在欺骗中央。最后，丁盛亮出了底牌，直截了当地要李文卿写材料证明过去报的情况都是假的。李文卿当时就明白了，这是要他编造证言，好把父亲挂到林彪的贼船上去！他心里很清楚"四人帮"为了篡党夺权，根本没有任何道义可言。如果你依他们的意思，"顺杆爬"，就是胡编乱造，无中生有，他们也全把"真话"用作致人死命的"弹药"；你如不肯受他们的驱使，他们就把你往死里整。

李文卿当即拒绝丁盛，并明确说明："这种栽赃陷害的龌龊勾当，死也不能干。"

"二战"英雄、苏联的朱可夫元帅在他的回忆录中写到，他在战场上看到许多战士为了祖国和人民的利益冒着敌人的子弹和炮火向前冲锋，他们是英雄，是了不起的英雄！李文卿和夏琦在“文革”那种险恶的环境下，面对“四人帮”的淫威，看到了“地狱之门”，但他们敢于坚持真理和正义，把个人利益完全置之度外，在那个年代是非常不容易的。与战场上的英雄一样，他们也是英雄，是了不起的英雄，是中华民族的精华！

王洪文当时还点了十几个人的名，其中有军区领导，有三大机关领导，也有二级部长，罪名是“帮许世友干了不少坏事”。

王洪文以为凭他的地位和权势压一下子，谁敢不乖乖地充当“倒许”的帮凶？可他打错了算盘。像李文卿、夏琦一样，这些干部不光是父亲的老部下，更是正直和光明磊落的人。即使有人对父亲有些意见，也不会在他调离之后，撵着他的背影泼脏水。深层的原因在于，他们对“四人帮”的所作所为早就抱有强烈的反感，无论出自党性还是出自人格，都不会跟着“四人帮”为虎作伥。

“倒许”发而不动，“四人帮”气急败坏。张春桥狂叫“南京军区‘批林批孔’是全军最差的单位”，王洪文马上接着说“是全国倒数第一”。他们一面向军区施压，一面引进外力，派上海的马天水参加他们强令召开的军区党委、江苏省委联席会议，制造打倒许世友的舆论。

会上，马天水率先诬陷父亲“犯了严重的路线错误”，说庐山写信一事“不是上当受骗，在会议以前早就有底”。成立革委会时没当上副主任的许家屯也乘机发泄不满，把军区工程兵为毛主席专列修的那条专用线诬蔑为“在中山陵为林彪修行宫”。

鼓噪的震天作响，仅是空穴来风。马天水等人看着凑不成过硬的材料，又转而污蔑父亲的人格，说父亲在庐山会议期间给周总理打过电话是“讲假话、撒谎、欺骗群众”。

丁盛调任南京军区司令不久，就追随江青一伙，大整军区领导和机关，用他自己的话说：“我既有挨整的经验，也有整人的本领。”他错误地估计形势，投靠了“四人帮”。刚到南京，丁盛就跑到上海找马天水向“四人帮”交底，说宁沪线那个军“我指挥不动，对上海威胁很大”，要他们有所准备。“四人帮”粉碎以后，他被撤销党内外一切职务。

“倒许”的手段一套接一套，却极少有人附和。

有个想当“倒许”积极分子的收发员，从一封李文卿写给原保健医生高老的信上认出了李文卿的笔迹，把信交了上去。丁盛拆看后，发现信中有对“批林批孔”不满的内容，在大会上点李文卿的名。结果，群众舆论没有讲李文卿的不是，反倒对这种不顾国家法律和职业道德的行为嗤之以鼻。

有一位调到北京的军区领导，江青、张春桥亲自找他谈话，要他揭发许世友的“反革命罪行”。他迫于“四人帮”的淫威，给父亲写了一张大字报，送到南京军区党委。党委常委多数领导认为，许司令已经调到广州，大字报不该送给我们，军区之间互转大字报不利于军队稳定，我们不能开这个先例。商量的结果，把大字报送到了中央办公厅。

可能是毛主席看到了这张大字报吧，他老人家很快就讲了话：“你那出气的人、你不喜欢的那个人都走了，你还贴大字报吗？不要纠缠历史旧账，那样容易走偏方向。”毛主席出面制止，“四人帮”导演的新一轮“倒许”闹剧才算收场。

带枪进京吊唁毛主席

关于毛主席去世后，父亲进京吊唁有很多讹传，真实的过程是这样的。1976 年 5 月以后，毛主席就没有在公开场合露过面。老人家重病缠身，正与死神做最后的斗争，病情和抢救情况都被限制在一个极小的范围内。父亲因人在外地，也不知道内情。

9 月 9 日凌晨，父亲在广州接到了毛主席逝世的通知，同时中央召他立即进京。他把工作安排了一下，乘车急驶白云机场。韦国清政委和父亲一起乘坐专机飞往北京。这两位老将军落座良久，专机还不起飞。

父亲叫秘书去问，回说天气不好；再问，还说天气不好。第三次问，机长才道出真情："中央有指示，不准带枪进京。""你问是哪个王八蛋的指示？叫他发电报来！"父亲勃然大怒。

"对，你问一下是哪个王八蛋的指示，叫他发电报来！"韦国清将军也火了。

最后，电报没发来，专机也起飞了。

父亲真的带了一支美式五星左轮手枪。这支枪还是从国民党一个军长手里缴来的，被父亲视为心爱之物，整天别在腰上，走到哪里带到哪里。

那年父亲在北京住院，换上了休养服，左轮手枪没处别也没处掖，就放在枕头旁边。护士来给他做常规检查，一眼看见黑亮的手枪，大概是想起了那个“进门不喊报告，甩手就是一枪”的讹传，吓得护士不敢靠前。父亲见护士端着盘子站在门口，就问：“干什么？”护士答：“量血压。”父亲说：“量就快量吧。”护士两眼斜睨着手枪，战战兢兢地挨到床前，量过血压，端起盘子就走，体温也忘了量。

事情反映到院里，刘院长给护士们做工作，说枪不离身是许司令多年的习惯，他不会乱开枪，你们不用怕。说归说，护士们见了手枪还是紧张，刘院长只好动员父亲把枪收起来。

“大惊小怪的！”父亲一面嘟囔，一面把枪塞到枕头底下。但父亲这次带枪进京，可就不仅是出于习惯了。

专机在西郊机场降落，父亲先去西山看了叶帅，才回京西宾馆住下。听说有很多老将军住在301医院，他前去看望，并告诉他们，江青那帮人都到了北京，“你们要注意，‘四人帮’通知开会了不能去，去了可能把你们都抓起来，要你们的命。”父亲拍了拍腰上别的枪，“他们要抓我，我就开枪，打死一个够本，打死两个赚一个！追悼会开过了，我就回广州，不在这危险的地方。”

听父亲这么一说，王震、韩先楚等老将军也都要准备防身武器，并且约定，如叫开会，先请示老帅们，他们不表态，我们都不去。

毛主席的灵堂设在人民大会堂，政治局委员轮流守灵。轮到父亲时，灵堂门口的卫兵把他挡住了。

卫兵给父亲敬了个礼："首长，您带枪啦？"父亲给卫兵还了个礼："我怎么不能带枪？"卫兵说："中央有规定，进灵堂不准带枪。"父亲问："谁规定的？"卫兵答："中央规定的。""我是政治局委员，我怎么不知道？"父亲虎着一张脸，边说边往里走，卫兵没有一个伸手阻拦。在所有进入毛主席灵堂的党政军领导中，身上带枪的恐怕只有父亲一个人。

开完追悼会后，父亲回到京西宾馆，独自坐在房内，整天也不说一句话。记得陈再道将军来看他，我进去告诉他，只见屋里窗帘都是拉上的，父亲一个人坐在那里低头沉思。他告诉我："请陈司令下午再来吧，我现在心情不好。"陈将军走后，他对我说："毛主席走了，我心里难过极了，这个老人对我最好了……"

下午陈再道将军来时，父亲和他谈起了在延安抗大学习时的情景。那时毛主席经常讲课，父亲回忆：自己当时只读了两年私塾，在听哲学时，有些字眼儿听不懂，尤其在下午上课时还有些困意。毛主席讲课时，博古论今，风趣幽默，父亲说连困意都讲没有了。

20世纪60年代，毛主席曾送过父亲21本书让父亲学习，其中有一本书名是《古今大哲学家之生活与思想》，上面还有毛主席看过后，用红蓝铅笔的红笔画的记号呢。那段时间，父亲常常回忆起许多与毛主席的往事……

从第一次见毛主席，毛主席为他改名“世友”，到张国焘事件。张国焘是中共一大代表，是红四方面军的主要指挥者和决策人。他对党中央“北上抗日”的主张不满，在长征途中召开红四方面军干部会议，另立“临时中央”，分裂党，分裂红军。红军三大主力会师之后不久，党中央做出了开展对张国焘错误的批判。当时的方针，在批判张国焘的同时，肯定了红四方面军广大干部战士的功劳，把张国焘的错误与红四方面军的干部战士区别开来。

父亲在这次事件中差儿点丢了脑袋，是毛主席亲自找他谈了两次话，一下子解开了他的思想疙瘩。淤积在内心深处的愤怒和苦闷情绪，被毛主席温暖的话语一扫而光。

当时要不是毛主席慧眼识人，我军历史上也不会有一位上将许世友。

父亲和陈再道将军回忆，新中国刚成立时，老百姓很

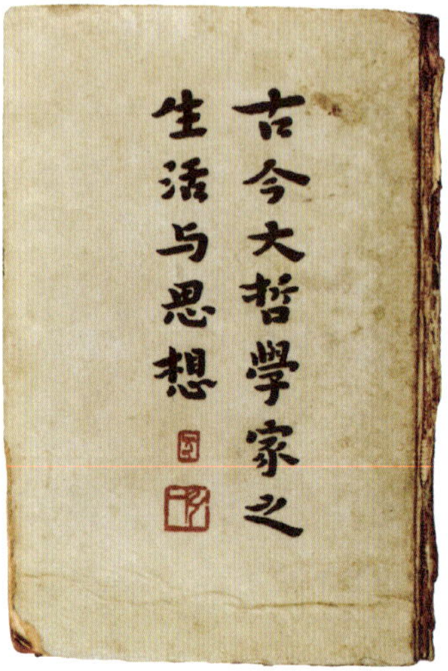

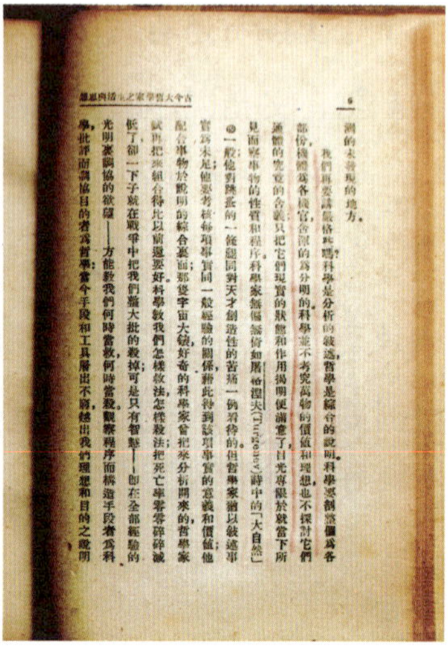

毛主席赠书 《古今大哲学家之生活与思想》

苦，但毛主席使中国站起来，很快在20世纪50年代初期使老百姓过上了温饱的日子，各方面都是一片欣欣向荣的景象。他们也谈起“四人帮”的祸国殃民，两位老将军都叹道：“人非圣贤，孰能无过啊……”

在那些日子里，父亲经常回忆起与毛主席的多次倾心交谈。毛主席曾告诉他，认识和真正了解一个人十年都不一定够，识人之道并不同于用兵之道。人乃万物灵长，大脑皮质神经元细胞数以亿万计。一个人要比一个战场复杂，认识一个人尤须有辩证的眼光。识人要看他的一时一

父亲与毛主席

事，更要看他的全部历史，切忌一时不顺眼就下结论，否则，会误人、伤人，给团结和事业带来深层的损失。这些话父亲不止一次地在会上讲过，和别人谈话时也经常提起。

父亲特别的性格、特殊的经历，在他的周围构建起特定的人际关系。

在父亲的一生中，对他影响最大的，就是毛泽东主席。

第八章　父亲与我

社会上有关父亲的趣闻和传奇一直很多，用“忠孝”两字形容父亲未免有些单薄。我了解的父亲的性格是多方面矛盾的有机体：既有中华民族传统的忠孝美德，也有勇猛刚烈、桀骜不驯，更有柔情细密、审时度势；既熟思远虑，又豪爽耿直……丰富得让我一言难尽。这些都在父亲对我的言传身教和一些生活细节中体现出来。

我的意外参军

我参军，那就是一次意外。

那天，我陪一位闺密悄悄地远赴外地参加体检。我闺密的心愿是成为中国的女飞行员，我当然盼望她如愿，于是陪她前往，为她壮胆助阵。不幸的是，一天体检下来，她眼科检查不合格，伤心欲泣。我一边悄声安慰，一边劝

父亲和我

她回家。当我们离开检查室时，医院已经快下班了，这时院长进来问体检主任：“今天预检情况怎么样？选上了几个啊？”主任叹息地告诉院长：“一个也没有。”院长很失望地说：“怎么一个合格的都没有？那就没完成任务啊！”这时，院长望着正要离去的我们，问：“这两个姑娘是来选飞的吗？”主任说：“一个是，但身体指标不合格啊。”院长不甘心，追问：“那个呢？”我赶紧回头道：“我是陪朋友来的！”

院长打量了我一会儿，笑道：“我看你身体条件不错，想不想顺便查一下？万一当上了女飞行员，多光荣啊！”

我正犹豫着，闺密急忙推我上前并替我大喊：“查查，我们查！”

万万没想到，几个大项检查下来，我竟然全部合格。比我更高兴的竟然是那个院长，他把我带进办公室，亲自填写登记表检查单，一项项问我：姓名、年龄、籍贯、父母……当我说出父亲姓名时，院长呆住了，继之紧张地盯着我，连声追问：“许世友？哪个许世友？是南京军区司令许世友？”

我做了肯定回答。院长再问：“是许司令让你来的吗？”

我再次告诉院长："我是陪朋友来做体检的，爸爸根本不知道今天的事。"

院长沉默片刻，竟然合上了文件，叹息道："你这孩子啊！这事我做不了主，你赶紧回家吧，请许司令决定。"

回到家中，我把情况告诉父亲，心里十分忐忑。父亲沉默了一下，沉声问："真的？"我说："真的。"

父亲说："现在你也上不了学，到处都在停课搞什么'文革'，到部队去锻炼、受教育是件好事。你去吧，做好吃苦的准备。"

于是，不久后我就走进了东北某地的军校。

临别时父亲对我交代得很简单：第一，要服从命令；第二，要完成学业，当好普通士兵。

进军校就要"准备死，争取活"

军校生活非常紧张，未学飞行，先进行严格的军事训练。

军校中，经常在凌晨四五点钟突然吹响紧急集合哨，我们要在10分钟内穿好衣服、打好背包，并奔至操场集合。之后，我们要背着背包跑3000米。那时我经常跟不上队伍，背包也来不及打，只匆匆打个“十字架”就跑去集合了。所以，没跑多远，“十字架”就会散开，背包散落一地。每次出现这样的问题，回来后，我就会受到批评。军校生活再苦再累，我都能接受、都能坚持，但最让我难以忍受的是个别战友的目光和他们的训斥。须知，那是极“左”思潮泛滥的年代，父亲当时由于对抗“四人帮”，已经陷入政治困境了。而任何消息只要传至千里之外，都会变得面目全非。所以，在训斥我的那些人的心里，我父亲不但反对“文革”，更是反对中央。他们对党和国家有多么忠诚与热爱，对我就会有多么气愤甚至仇恨。他们也不会相信我跟他们一样，对党和国家有同样的忠诚与热爱。为什么呢，因为我不配！另外，我还感受到，由于我是高级领导的女儿，是来自别人曾经仰望的家庭，那么，我也要为我曾有过的那种“高高在上”的生活付出代价，我必须承受更多的屈辱。那些日子，我几乎被贬斥到了“开除人籍”的地步。说心里话，当时我甚至感觉已经活不下去了。

我不在宿舍时，有人会把我的钥匙偷走，去仓库打开我的箱子搜寻“资产阶级”的东西。母亲送我的毛背心，还有上海买的毛衣毛裤……我所有的隐私，我的暗藏珍爱，都会被无情地丢到台面，成为“修正主义的苗子，追求资产阶级生活方式”的证据。当然，绝非所有战友都这样，恰恰是一些最普通的同志暗中同情我，默默送来一些温暖和鼓励。在当时，这种温暖和鼓励哪怕只有一星半点儿，也足以以一当十，我会永远感激他们。

还不到三个月，我就难以承受这种折磨了，我给父亲写了封信，十分含蓄地把自己所承受的各种“折磨”降格为各种“磨炼”。但我希望父亲能和军校打个招呼，让我退学吧。我宁愿回到父亲老家，在大别山区做个赤脚医生，也不上天了，我担心自己根本活不到毕业那一天。

以往，我和家人的通信都是通过父亲的秘书李文卿转呈，甚至父亲回信也是李文卿按照父亲的意思执笔写给我。李文卿秘书一笔字很漂亮，堪称书法家，所以每次接到家信时，那信封上的几行字都能引起周围人一阵赞扬。

但这次回信是父亲亲自写的，用的是批阅文件的红蓝铅笔。父亲的信是用篮笔写的，每个字都很大，语气跟他说话一样斩钉截铁。我印象最深、最令我吃惊的是这样一句：“既然到了军校，就要坚持到底。如果你觉得活不到毕业那一天，那你就要准备死，争取活！”

我惊呆了，父亲这句话让我非常苦闷……

1973 年，我在中央电视台与小朋友们录制《刻苦练飞行》节目

万幸，信封里还有一封李文卿给我的信。李文卿告诉我："你爸爸其实非常想念你，你那张二岁时戴着绒帽、手指花朵的照片，就挂在他的床头，他一睁眼就能看见。傍晚，我陪首长散步时，他常常提起你，说你长这么大，只打过你一次，首长想起那事，到现在还后悔……"

我隐约想起父亲打我的事情了。那时我才三岁，父亲带我去威海卫。白天他开会非常紧张，晚上睡觉我和父亲都睡在一个大木板床上，我被臭虫咬得直哭。父亲太累了，用扇子在我屁股上敲了两下，问："哭不哭了？"我摇头说，再也不哭了。

在我最艰难、最痛苦的时刻，想起父亲与我之间的一件普通往事，哪怕是芝麻大点儿的小事，也是温暖，是来自亲人的温暖。这时，温暖就是力量，就是生命的勇气！但是父亲，哪怕心里积聚再多的感情，也不会化作语言来表达，他就是这样干脆利落、斩钉截铁：准备死，争取活！

我终于坚持到了毕业的那一天，和所有学员一样领取了毕业证书，当时还真有一种出狱的感觉。

《人间喜剧》与《青蛙王子》

父亲一直话不多，乍看上去很像严父，无论大事小事，对我要求都十分严格。

记得住在中山陵八号时，在放假的日子里，父亲规定我每天要读6个小时的书。什么书？父亲给我指定的是他自己喜爱的《三国演义》《水浒传》《东周列国志》《封神演义》等，书中表现的基本上是传统文化中的英雄豪杰。我知道，这些书是经典，更是历代中国男人的至爱。

但说实话，一个女孩总该有自己喜爱的吧。因此，我口头答应父亲，他在家时，我一目十行看着他指定的那些书，但只要他一离开八号，我就拿出自己喜欢的西方小说来看，只要听见父亲的汽车驶入八号院了，我再赶紧换成他要求看的书。吃饭时，父亲也许会问一声“书读得怎么样啊”，我也能随口扯出段三国故事……但是百密一疏啊，有几次，我看小说看得太入迷了，根本没有察觉父亲不但早就回家，而且已经站到我的身后了！

这儿顺便说一下：我父亲确实会轻功，他如果凝神运气、控制脚步的话，走路时就会像猫走路一样轻！比如，我和父亲走过同一段楼道时，虽然我体重比父亲轻得多，楼板也会轻轻地吱吱响，但父亲发功行走时，那楼板绝对不出一丝声响。

父亲从我身后一把夺过我手中的小说，看一眼书名，结果当然是训我一顿。我辩解：“这也是经典啊，西方经典，恩格斯也喜欢这本书。”父亲怀疑地问：“证据呢？”天哪！我上哪给他找证据？！

记得有一次，我在读巴尔扎克的《人间喜剧》，被父亲突袭缴获了，他拿走后大约翻了 20 分钟，之后竟然一言不发地还给了我。我暗中欢喜感叹：父亲虽然不读西方小说，但凭他的直觉，竟然也知道这书属于人类共同的精神财富啊！不过，还有一次，我在读安徒生的《青蛙王子》时，又被父亲缴获了，他同样是拿走翻了20分钟，却过来把我训斥一顿："什么东西嘛！又是王子又是怪物，还又乱谈恋爱，把思想都看坏了！"父亲逼着我拿到楼下锅炉房，把《青蛙王子》烧掉了。

同样是人类精神财富，父亲可以做出不同的判断。

了解父亲的前辈们都说他的记忆力和理解力很出众，而且心细如发。对这些特质，我确实深有体会。

有一次我生病了，躺在床上三天，那时正是春天，家中院子里可谓满院春光，桃花盛开。生病前我曾摘了几枝桃花插在玻璃瓶里，当时我多么渴望能到院中走一走啊。恰在我这么想时，门开了，父亲手里拿了几枝刚摘下的桃花进来，笑道："换束新的吧。"父亲把新摘的桃花换到瓶中，合门出去了。那一刻，我觉得父亲真的送来了春天。

很多我亲身经历的故事，都是父亲生活和工作中的常态。我觉得，恰恰是这些日常小事使我更了解了父亲。

在这里，恕我说点儿个人隐私吧。因为这件事很能折射出父亲的强烈个性，以及他别具一格的心灵光彩。

我二十几岁那年，曾经有过一次闪婚，被父亲称为"巴巴罗萨闪电战"。这件事使父亲很不理解，真的把他气炸了。但父亲一直放心不下。有次军区会议之后，二十七军的阎军长来家里共进晚餐。用餐时，父亲当着阎军长的面指责我处理个人问题太轻率。阎军长接话说，咱部队有的是优秀青年干部，我来帮助挑一个吧。

父亲听了很高兴，因为二十七军是他在战争年代带出来的部队，他对二十七军有很深的感情。他对阎军长说：那好啊，要作风好，积极上进的。沉默了一下，父亲又说：最好是工人、农民一般家庭出身的孩子。阎军长很爽快地答应了，那天父亲很高兴，多喝了几杯。

没过多久，有一天我回家，竟然真的在客厅里见到一位身材高大、英俊的军人，阎军长就在旁边。我立刻明白了，走上前，打过招呼后，就坐在阎军长旁边开始聊天。

没想到那位军人紧张地不停擦汗，连一句话都说不完整。我问他平时有什么爱好，他头也不敢抬地说：我什么爱好都没有。这下阎军长不高兴了，说：你不是篮球打得不错吗？我相信他大概是平生第一次走进这样的大院、这样的客厅，也不知道该如何应对这个场面。

很自然，这次相亲以失败告终，过了很多年想起来这次相亲都会觉得特别可笑。

我在德国学习

时间飞逝，十多年后我竟然来到了美国。

在异乡，头两年很辛苦，上午9点到下午4点要去UCLA（加州大学洛杉矶分校）学英文，下课后，还要开一个多小时车去长滩学理论和模拟。每天晚上回到公寓都差不多9点了，还要复习两门功课。可能是各方面都透支吧，每到学期结束放假时，我都会病几天。记得有一次我在床上躺了两天，第三天早上，公寓楼的管理经理维克·吉恩泰尔（Vic Gientile）和他夫人琼·吉恩泰尔（June Gientile）走进了我的房间，把我从床上拉起来，放了一浴

我与美国朋友

缸热水，告诉我："这样不行，赶快洗个热水澡再到外面去走走，不然你会死的。"从这以后，我和他们结下了深厚的友谊，我们经常一起用餐、喝咖啡、练英文。他们第一个孙女出世时，为了纪念和我的友谊，起名就叫希纳·吉恩泰尔（China Gientile）。在那段时间里，倒霉的事情有时发生在同一时间里，但我从未掉过眼泪，而且发现自己心理承受能力和条理性都很不错。这时我体会到当年父亲让我在那种环境下历练打下的基石，竟然在这么多年后使我受益匪浅。

第九章　父亲的晚年

南线自卫反击作战结束后，父亲以身体不好为由，向中央提出不再工作；因不适应广州的潮湿气候，也不进北京，要求回南京休息写回忆录。中央批复同意。

只想过读书种田的生活

“退”，一般人说说容易，实行起来颇难，但父亲说到做到。他要的是真退、实退、退到底。父亲名正言顺地远远避离了中国的政治中心——北京，一头扎进南京的故居，当起了新时期的“寓公”“老员外”。用现在颇为时髦的话讲，就是“一步到位”。

无论历史对父亲做出什么样的评价，人们不得不承认，他一生中最后一次主动做出的重大政治选择，是极其睿智的。

我在父亲故居

父亲定居南京后，用他自己的话说："就是仗没打够，书没读够，田没种够。"晚年只想过过读书种田的生活，别无他求。

每逢我回南京看父亲，他都非常高兴，带我去看他饲养的几十只兔子，他当了一名"兔司令"，还带我去看他腌的几大缸菜。他腌菜的方法很独特，是从大别山学来的：先把青菜晒几天，去掉浮水，切除黄叶，然后洗净、晒干，码在缸里，码一层菜，撒一层生姜、葱、蒜、辣椒和盐。一层一层码满，倒点儿酒，盖上缸盖儿，用塑料布扎紧，再糊上泥巴，封得严严实实。春节时开缸取菜，又脆又香，略有辣味，生吃非常爽口，炒着吃也是一道美味。父亲腌的菜除了自己食用，还送给一些老部下分享。

他说退就退，对以往的权位毫不藕断丝连。激越的壮心归于平静，冲天的豪气融入了田园幽静。

过去父亲锻炼身体的方法很多，打猎、撒网打鱼、爬山、散步、坐汽车转悠。年纪大了，他又添了一种痛风病。这种病表现为反复发作的急性或慢性关节炎，犯起病来，趾关节、足背、踝关节等疼痛难忍，有时睡觉也能疼醒，每天只能散散步、坐坐车。父亲原本每周两次坐汽车去汤山温泉疗养院治痛风病，一天，他和工作人员闲聊，听说国家汽油紧张，军区领导用车都是定量供应，便让工作人员转告管理局："不去洗温泉治病了。"

当时的军区司令聂凤智和政委郭林祥听说老司令不坐车了，深感不安，批评工作人员不该把汽油包干的事告诉父亲，说许司令是经中央军委批准在南京养病休息的，平时要请还请不来呢。

两人又一起去见父亲，对他说："你是我们的客人，是我们的老前辈、老首长。你在这里住，我们很高兴。军区领导用车汽油包干是为了节约，汽油再紧张也不能没有你用的，你该出去转就出去转。如果汽油真的不够了，哪怕我们骑自行车上班，也要保证你用的汽油。”

父亲听了，很感动，可还是大大减少了坐车的次数和时间。他是真心实意体谅国家和军区的困难，总觉得自己不工作了，理当少添麻烦。

那段日子里父亲还谈起“文革”前朱老总有一次来家里做客的往事。朱老总自己坐一辆车，后面也只有军区保卫部的一辆车跟着。这位新中国的缔造者非常低调和平易近人。饭后，父亲对朱老总说：“朱老总，我今天安排了军区常委带全家来和你合影留念。”朱老总却说：“不要搞那些吧。”父亲又劝他：“大家都很崇敬朱老总，这次来南京机会难得……”劝了10分钟左右，朱老总才同意父亲的提议和安排。军区常委各家都已在院子等候，工作人员搬了一把椅子放在草坪中央，朱老总坐好后，一家一家接上和朱老总合影。之后朱老总向大家道别，告诉晚辈要争气，要好好为国家、为人民努力工作。

有一次在北京，我到了朱老总家里，康克清奶奶留我一起共进午餐。饭前，朱老总的秘书过来和我讲：“在社会上听到的那些不争气的事，都不要和朱老总讲，他会很不愉快的。”我告诉朱老总的秘书：“放心，不会提这些的。”当时午餐也只有朱老总、康克清奶奶和我三个人。朱老总问了父亲身体近况，是不是还是“那样”喝酒，还嘱咐我一定要争气，要多为国家和人民做有益的事情。

周总理、朱老总这些前辈们的高尚品德和人格魅力也给我留下了最美好的记忆。

在当“老员外”的那段日子里，父亲除了写回忆录，还养了不少鸽子。原来养了60多只，但经繁殖又加上把附近鸽子都引来了，一下子增加到1000多只。院子里还有将近20只猫。那时还讲“除四害”，把麻雀列为“四害”之一。有时父亲到郊外打了点儿麻雀回来，车一开到院子里，所有的猫听到车响都从各处跑过来喵喵直叫，父亲就把麻雀扔过去，猫就拥过去抢。那些猫在院子里、屋里也捉了不少老鼠，为院内除害。有时父亲早上刚起床，有几只猫就钻进他的房间围着他喵喵叫。每天他在院子里散步，有些猫也跟着他，如果不是早年有武术功底，真会被它们绊一跟头。在那些孤独、寂寞的日子里，那些可爱的小动物，给父亲带来了不少愉快的时光。

父亲与读书

说起读书，自从毛主席讲了《红楼梦》“要看五遍才有发言权”以后，父亲的桌子上真的摆了一部《红楼梦》。周总理也送了他一套《红楼梦》，父亲告诉我，他看了两遍。但由于兴趣和爱好，他更喜欢《三国演义》《水浒传》《封神演义》。这些书中的故事和人物，有不少能够让他熟记于心。当年他曾带兵攻克四川巴州城，歼灭守敌一个旅。回忆这个战例时，他顺带讲起巴州五门九寨、八条大街，说三国时张飞也在此地打过仗，后来张飞死在四川阆中，阆中也叫保宁。

当年九纵参谋处长、后来担任沈阳军区副参谋长的叶超讲，有一次打旺远，此地离烟台十多公里，旺远这一仗，前前后后许司令只说了三句话，其他不多说一句话。部队吃过晚饭，一切准备就绪，作战参谋向他报告：“司令员，部队准备好了，是不是马上出发？”“出发。”父亲开口说了第一句话。说完跨上马，部队在后面跟进。

到旺远南边预定指挥所位置，部队进了村分头去部署。父亲吩咐作战参谋：“给我找一本《三国演义》。”这是第二句话，说完就一头钻进屋，没有再出来过。作战参谋为难

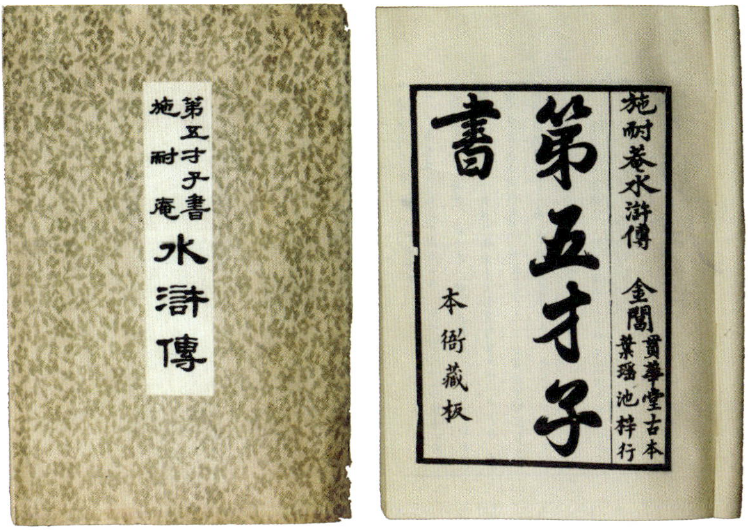

毛主席赠书：《水浒传》

了：黑灯瞎火的，到哪去找书呢？一打听，村里有一位小学教员，赶紧跑去问。也很巧，小学教员那里正好有一套《三国演义》，赶紧借来，送给父亲。

攻打碉堡，开头不太顺利，两次冲击，两次失利。眼看快到午夜了，团领导赶来汇报情况，请示怎么办，被参谋员挡了驾："许司令的脾气你们还不知道？不报告，是继续打；报告了，也是继续打，还要挨一顿剋。"团领导想想也对，几个人一合计，重新组织力量，集中兵力送炸药。他们捆扎了一大包炸药，在火力掩护下送进碉堡的门洞里，

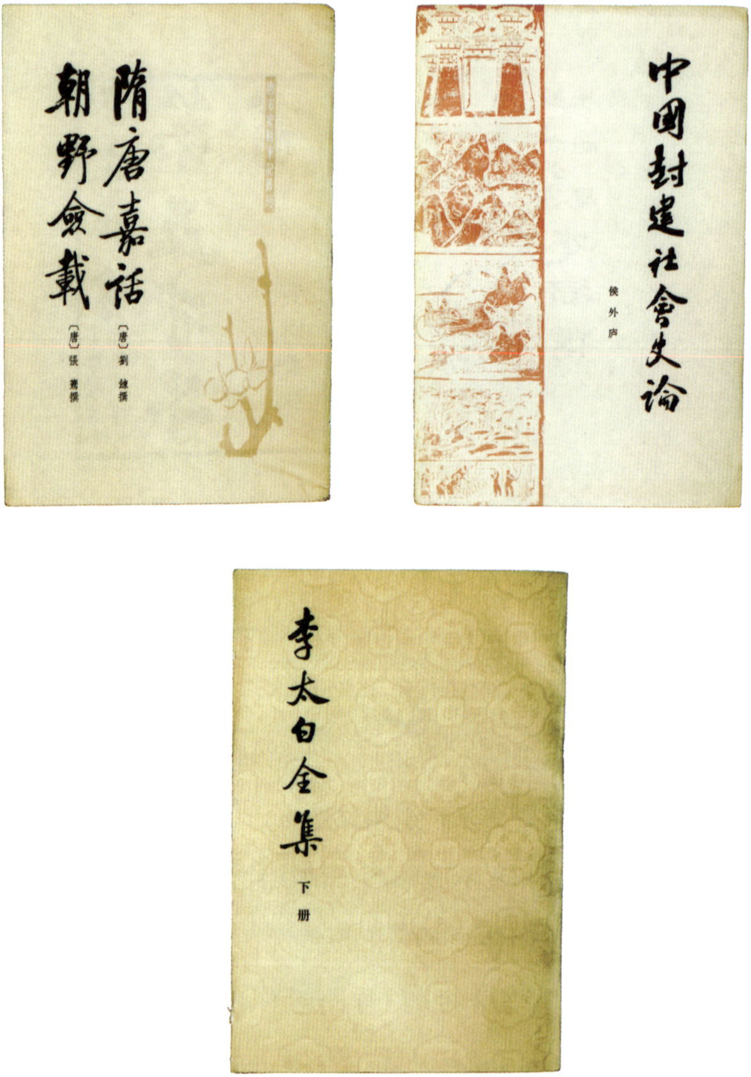

父亲晚年阅读的书籍

志願軍英雄傳
一集
人民文学出版社
軍事文集
（下册）
杜鲁门回忆录
第一卷
决定性的一年
1945
哈里·杜魯門著
经济学资料室专用
（内部读物）
世界知識出版社
林肯传
（美）卡尔·桑德堡著
生活·读书·新知三联书店

父亲晚年阅读的书籍

一引爆，把碉堡炸飞了。

战斗胜利结束，作战参谋向父亲报告，父亲还在看《三国演义》，听到报告后，放下书，说了第三句话："走吧。"

在那段时间里，父亲也看《东周列国志》和《汉书》。《汉书》也是毛主席让父亲看的。父亲还经常回忆起在延安抗大听毛主席讲课的情景。父亲讲，毛主席对战争和历史有着独特的洞察力，讲课时博古论今，听课的不少人有时听不明白，但似乎都屏住了呼吸，因为大家被毛主席那伟岸的气质和抿着下嘴唇富于幽默的微笑震撼了、折服了……

"九一三"事件后，在中南海万字廊会议室里，毛主席交给父亲哥白尼的《天体运行》和布鲁诺的《论无限性、宇宙与各个世界》的中文合印本，让父亲转送南京紫金山天文台，并且嘱咐父亲也认真看一看这类自然科学的书籍。

父亲当时答应毛主席一定看。

这些书都是高度专业化的书籍。哥白尼，15 世纪的顶级天文学家。他在世界天文史上第一次提出太阳是宇宙中心的"日心说"，冲破了中世纪以地球为中心的神学教条，他"彻底改变了人类的宇宙观念，而引起了一场伟大的‘哥白尼革命’”。布鲁诺是16世纪的哲学家、数学家、天文学家。他主张无限宇宙与多种世界理论，摒弃传统的“地心说”，而且超越了哥白尼的太阳中心说，首次提出宇宙是无限的。

父亲当时留下一本书，因为曾经答应过毛主席认真看一看这类自然科学书籍。在“解甲归田”的日子里，时间比较多，他很想认真看一看，父亲还为看这本书请了教员。可是面对一连串的高度专业化的名词术语，他始终没法看懂。即使没法看懂，这也是父亲“一步到位”后生活中的一段愉快的插曲，因为多少也在自然科学上学了点儿知识，更重要的是，实现了他曾经对毛主席的承诺。

父亲平时最喜欢读古典文学，如《三国演义》《水浒传》《封神演义》《西游记》，还喜欢读《鲁迅全集》，书中的人物、故事和经典段落，大多烂熟于心。

曾经在一次小型座谈会上，会开得太久，与会者有些累。轮到父亲说话时，他即席问：“《封神演义》第一回有首诗，你们哪个背得出？”看看没人响应，父亲随口道：“凤鸾宝帐景非常，尽是泥金巧样妆。曲曲远山飞翠色，翩翩舞袖映霞裳。梨花带雨争娇艳，芍药笼烟骋媚妆。但得妖娆能举动，取回长乐侍君王。”那首诗虽然算不得名诗，但它足足八句五十六字，父亲背得一字不差。他接着说：“纣王出宫闲逛，看见女娲庙墙壁上画的女娲圣像很美，想入非非，在圣像旁边题了这首歪诗。女娲生了气，命令狐狸精去败纣王的国。狐狸精听错了，听成了败他的色，就变成妲己去迷惑纣王。结果色也败了，国也灭了……”

与会同志顿时哈哈大笑，气氛立刻轻松了。《封神演义》的这个神话故事，被父亲一讲，有声有色，活灵活现。

父亲开会发言，一般不用稿子，喜欢即席讲。他话不多，但很有吸引力，又富于鼓动性。父亲讲到严肃处，全场鸦雀无声，掉个针在地上都能听见；讲到高兴处，往往神采飞扬，风趣幽默，妙语连珠，与平时的严肃大相径庭。部队里的干部战士们都喜欢听父亲讲话。

有一次，军区某机关请他做形势报告，宣传部门组织了几个“秀才”，花了三天时间给他准备了一份讲稿。可是父亲上台后，照着稿子只读了三句半，就叹息一下，把稿子往旁边一放，说：“还是以我为主吧！”逗得台下听众哄堂大笑。

亲情中的父亲

父亲幼年丧父，从小与母亲相依为命。父亲出门闯荡时，像一头性情凶猛的虎崽，但只要回家面对母亲，立刻成为温顺的绵羊。远近乡邻都知道父亲是个至真至情的大孝子，母亲就是他的天，就是他的命。我小时候常听父亲讲岳飞的故事，他说得最多的一句话是："对父母不孝的人，对国家肯定不会尽忠。"

父亲参军以后，几十年戎马倥偬，顾不上对老母亲尽孝，为此内心常感歉疚。红军时期，他曾经两次冒险回乡探母，但老家仍在敌军控制下。第一次，他只能趁夜潜归；第二次，他只能远望着家乡老屋，流泪叩首。

1952年，时任山东军区司令员的父亲，终于请假探家一次。他进了村庄，远远看见奶奶，就奔过去长跪不起，流泪叩头。奶奶也是喜泪纵横，泣不成声。乡亲们拥过来百般劝慰，才把父亲扶起来。父亲挽着奶奶，在乡亲们的簇拥下进入老屋。

1959年秋天，父亲外出看地形，行程中特意路过家乡。这次，父亲是突然归来的，他远远望见74岁的奶奶，弯着瘦弱的老腰，提着一把破旧的镰刀，在山上割喂猪草……父亲大叫一声，一路哭着奔过去，硬是把奶奶背回老屋。

这天夜里，父亲泪流满面，大叫大嚷地发火了。他坚决要把奶奶接回城里，和自己同住，侍候余生。对这件事情，父亲早就恳求过多次，但奶奶总是不答应。这一次，奶奶总算答应了。

可是，奶奶进城后，就像一棵山中老松被移植进了暖房，怎么也住不惯，几天后就想回老家。父亲与母亲再三劝说，奶奶好不容易才住了半个多月，之后她再也不干了，非要回大别山不可。她梦里都在惦记着老屋，惦记着她养的鸡、种的瓜、喂的猪，惦记着那些老邻居，惦记着山风和草木的气息……父亲无奈，只好再把奶奶送回老家。

撰写回忆录

在最后的那几年，撰写回忆录成了父亲晚年生活的主题。在向李文卿交代后事时，父亲也曾说过："我打了一辈子仗，大仗小仗不计其数。打了些好仗，也有打得不好的，有经验，也有教训。经验和教训都是财富，对后人都有用，应该很好地写出来，也算是我对人民、对军队再做点贡献。”

父亲本来就是个急性子，又是个时间观念极强的人，无论做什么事或参加什么活动，从不迟到，有时提前几分钟，大多卡在正点上。

有一年西哈努克亲王来访，定于下午3时30分专列抵达南京站。3时15分，省市党政军领导齐集在月台上，准备欢迎，只有关键人物——江苏省革委会主任、南京军区司令员许世友还没有露面。差10分钟没到，差5分钟还没到。我国驻柬埔寨大使康茅召急坏了，连忙通知专列站外停车。正在这时，几辆军车开进站来，父亲走下吉普车，身穿绿军装，足蹬布条编制的“草鞋”，风纪严整，步履从容。康大使又赶快通知专列进站。当专列缓缓停下，人们一看表，正好3时30分。

一次在北京开计划工作会议，省革委会副主任彭冲为了跟父亲一起走，换洗衣服、鞋子、牙具都来不及拿，回到南京才打电话请宾馆给收拾一下，寄存起来。

又有一次，福州军区韩先楚司令与父亲要同乘一架飞机，迟到了一刻钟。韩将军见了父亲就双手合十，连声说：“师父，师父，对不起！”父亲半开玩笑地捏了他一把，捏得韩司令直叫。

父亲与西哈努克亲王

父亲这次写回忆录，又觉得年龄不饶人，恐怕自己一旦离去，带着多年的作战经验同赴九泉，更是急上加急。

为了充分反映历史的真实面貌，李文卿他们尽可能多找一些熟悉父亲的老战友、老部下，回忆当年的事情，提供第一手材料。钱均将军与父亲是少林寺的师兄弟，父亲在南京居住时，他不常来家里，但父亲却经常去他居住的富贵山探望。据当时在富贵山营区工作过的一位副处长回忆：许司令那几年常来看钱均首长，两个人见面，扯着嗓子在楼上交谈，也可能因为耳朵不太好的关系，各说各的，还津津乐道。

听说父亲要写回忆录，钱将军很热心地介绍情况，仅写作班子所住的华山饭店15号楼就光临了好几次。想到一点就来一次，说一次，并再三交代要把父亲的回忆录写好。

赵俊长期担任南京军区副参谋长，实际主管司令部工作多年。在“五一六”事件中他也吃了很大的苦头，但他不计前嫌，协助父亲写回忆录很尽心。就任南京军区顾问后，他主持召开的第一个会议就是召集军区司政后有关部门领导开会，总体协调许世友回忆录写作的全部事宜，要求各个部门通力合作，“一路绿灯”。事后，他还带人亲往大别山，整理了一份了解父亲情况的老同志名单，甚至连一些新中国成立初期就转业地方工作的老人都被“挖掘”了出来。资料的准备工作，对回忆录起了很大的作用。

一位熟知父亲品性的老干部说：“许司令平日里看上去沉默寡言，连个笑容都难得见到。其实，他的心很细，有时战友们在一起，他很为别人着想，连本人都没有想到的事，他也能设身处地想到、办到。”

在人们的印象中，父亲是个粗线条的人，他索性“顺水推舟”，以“粗”的一面示人。应该说他粗中有细，更不缺少政治上的敏锐与机智。给他当过四任参谋长的贾若瑜将军直言不讳地说：“你们不要以为许司令是个粗人。他是倚粗卖粗、粗中有细，特别精明。他的精明，别人不容易看透。许多干部都很精明，在对待具体人、具体事上精明。跟他比起来，比不了，不在一个档次上。”这个说法倒启发了我内心深处的“灵感”：在“文革”那险恶的政治环境中，面对一个几乎是完全陌生的“战场”，面对从未经历过的变化多端的局势和错综复杂的矛盾，父亲倚粗卖粗，倒确实在政治上成功地保护了自己。

从一件小事上，我也觉得父亲的性格和情感是非常丰富的。在父亲诞辰一百周年纪念日时，母亲给了我一本父亲的集邮册，告诉我父亲在 20 世纪 50 年代至 60 年代初喜欢集邮。那本集邮册是暗红色的，封面上有中华人民共和国国徽。

当我翻开看时，被里面蕴含的历史所深深吸引：里面有中华人民共和国开国纪念邮票，也有抗美援朝志愿军凯旋的邮票，还有土地革命的纪念邮票……其中，有不少邮票是父亲与苏联顾问“胡子叔叔”通信时积攒下来的，还有一些是父亲与部下和老家的亲戚通信时留下来的。父亲把邮票归类排列得很有秩序。总有老部下、老战友跟父亲开玩笑："首长什么时候这么有情趣啦？"其实，这是父亲以自己的方式在纪念历史。这本集邮册里有那个年代最值得记住的历史、人和事，那一刻我感到自己对父亲的了解还远远不够。

写作组把提纲列好后，马上送到父亲那里。父亲看得很快，也很仔细；第二天就找写作班子谈，谈得很多、很细、很具体。许多战例从经过到细节他都记得一清二楚，其中还有不少深刻的见解和对作战基本规律的精彩表述。

父亲认为，写回忆录主要是总结经验教训，回头去看看过去哪些事做对了、哪些事做错了，有什么经验教训。经验让后人参考，教训让后人吸取，不要再走弯路。写回忆录要实事求是，　就是一，二就是二，不要吹牛。自己不吹，也不吹别人，没有常胜将军。什么时候都要谦虚，不能骄傲。楚汉相争，项羽就是骄傲，什么人都看不起。他身边就一个谋士范增，给他出了很多好点子，他听不进去，气得范增也走了。开始，项羽打仗是旗开得胜，马到成功。乌江一仗，全军覆没，落得个"别姬"下场。父亲特别强调："写战争胜利，不要写我的指挥艺术如何、什么战将，主要写党的领导、群众的支持、广大指战员的英勇善战。"

父亲收藏的邮票

馬克思誕生一三五周年紀念
1818 Karl Marx 1953
中國人民郵政 800圓
紀22.2-2 (101) 1953

1870 烏·伊·列寧逝世三十周年紀念 1924
中國人民郵政 2000圓
紀28.3-2 (112) 1954

弗·伊·列寧誕生八十五周年
1870 1955
中國人民郵政 8分
紀34.2-1 (128) 1955

1953 約·維·斯大林逝世一周年紀念 1954
中國人民郵政 800圓
紀27.3-1 (114) 1954

1953-1954
約·維·斯大林逝世一周年紀念
中國人民郵政 400圓
紀27.3-3 (116) 1954

父亲收藏的邮票

8分
中国人民志愿军凯旋归国纪念
中国人民邮政
纪57.3-2
(188)1958

中華人民共和國第一屆全國人民代表大會
400圓
中國人民郵政
紀29.2-1
(118)1954

父亲收藏的邮票

父亲用毛主席像章拼成的“全国山河一片红”

父亲还专门讲到打仗。“打仗很复杂，兵无常势，水无常形，时刻都在变化。战争是最高的科学。打起仗来可以几天几夜不睡觉，非常伤脑子。每打一次仗，我的头发都一把一把地掉。战争是残酷的，它可以破坏一切，也可以推动生产力和科学的发展。信心是决胜的最主要的精神因素。”

父亲认为：“慎重与大胆是不矛盾的。慎重不是右倾，大胆不是冒险。慎重，是在战前要经过周密、细致的思考，有几个预案；大胆是敢于临战，不畏强敌，有必胜的信心。打仗本身就有一定的冒险性。比如深入到敌人内部打，从外表看，四面受敌，很危险，但往往成功的可能最大。我们过去打了不少中心突破、四面开花的仗，都成功了，几乎没有失败。打仗就是要狠，一鼓作气，不狠不行，稍一疏忽就会失掉战机。”

两本回忆录《我在红军十年》和《我在山东十六年》是父亲个人一生的总结，也是他留给后人的宝贵精神财富。

在父亲最后的那几年里，经常回忆起过去的一些事，尤其是对敬爱的周恩来总理的怀念，每次我和他在一起的时候，他经常提起和周总理一起的故事。

有位老干部，曾经做过一个比较。他形象地说：“在毛主席面前，父亲像个晚辈，不拘束，什么话都敢讲。周总理像个大兄长，父亲在他面前也比较随便，有什么话都可以讲。”在周总理去世的时候，父亲痛苦极了，他对我讲：“周总理这么好的人都走了，我还活着干什么啊！”一个星期都没出房间。父亲常回忆起在那“险恶”的政治环境中，由于他的脾气桀骜不驯，周总理对他的劝导，以及周总理对老百姓那种鞠躬尽瘁的工作精神和泱泱大国总理的气派风度，甚至还梦见与周总理一起喝酒的愉快时光，

父亲八十大寿留影

一人一瓶，干光为止。周总理曾对父亲讲过苏联的朱可夫元帅，在朱可夫的回忆录中有一段话，父亲非常喜欢，还用红蓝铅笔的红笔写在了一张半纸上（因为字写得大，所以需要一张半）。我想用它来做这本书的结尾吧。

人民需要我，而我永远有负于人民。如果考虑到人生的意义，这是最主要的。

这段话表达了我对父亲的敬意，也能表达我对周恩来总理的崇敬和缅怀……

有这两个因素在心里做支点，我感到这是最美好的结尾。

后 记

写完《父亲》一书后，我不止一次深深沉浸于那逝去的岁月里，父亲仿佛并没有走，他依然活着，活在传奇里……

我到了山东——父亲战斗生活了 16 年的地方，那里的老百姓，尤其当年在抗日战争年代过来的老人们见了我，总是绘声绘色地讲着父亲的一些故事，回忆起当年的情景。尽管有些故事我感到简直是“造谣”，但人们还是把很多父亲的传奇故事讲给他们的儿子、孙子听。

我和老知青任毅一起去了他下乡插队的地方——江苏省江浦县，那里也是当年父亲经常视察的地方。当年那些“小孩子”拍着小手，叫着“许司令你好”，用脏兮兮的小手向父亲的吉普车敬礼，现在他们有的已是镇上的领导干部，有的成了成功的企业家。听说我和任毅一起来了，有的从几十里外赶过来，兴奋地谈起父亲当年到他们家里问长问短的故事，我被深深地感动了。父亲还活在老百姓的心里，也许他的存在本身就是一个传奇。

今天，明天，还将继续下去，一年又一年，一代又一代。

父亲，值了！

图书在版编目（CIP）数据

父亲 / 华山著 . -- 北京：中信出版社，2018.1（2024.7重印）
ISBN 978-7-5086-7717-0

I. ① 父… II. ① 华… III. ① 传记文学－中国－当代
IV. ① I25

中国版本图书馆 CIP 数据核字（2017）第 107413 号

父亲

著　　者：华　山
出版发行：中信出版集团股份有限公司
（北京市朝阳区东三环北路 27 号嘉铭中心　邮编　100020）
承 印 者：北京盛通印刷股份有限公司

开　　本：880mm × 1230mm　1/32　　印　　张：11　　字　　数：186 千字
版　　次：2018 年 1 月第 1 版　　印　　次：2024 年 7 月第 7 次印刷
书　　号：ISBN 978-7-5086-7717-0
定　　价：98.00 元